Patrick Modiano

La Ronde de nuit

夜巡

〔法〕帕特里克·莫迪亚诺 著　张国庆 译　李玉民 校

人民文学出版社
PEOPLE'S LITERATURE PUBLISHING HOUSE

著作权合同登记号　图字 01-2014-8256

Patrick Moniano
La Ronde de nuit
ⓒ Editions Gallimard，Paris，1969

图书在版编目(CIP)数据

夜巡/(法)帕特里克·莫迪亚诺著;张国庆译.
—北京:人民文学出版社,2017(2024.3 重印)
(莫迪亚诺作品系列)
ISBN 978-7-02-012745-0

Ⅰ.①夜… Ⅱ.①帕… ②张… Ⅲ.①中篇小说-法
国-现代 Ⅳ.①I565.45

中国版本图书馆 CIP 数据核字(2017)第 098056 号

责任编辑　黄凌霞
特约策划　何炜宏
装帧设计　汪佳诗

出版发行　人民文学出版社
社　　址　北京市朝内大街 166 号
邮政编码　100705

印　　刷　凸版艺彩(东莞)印刷有限公司
经　　销　全国新华书店等

字　　数　62 千字
开　　本　889 毫米×1194 毫米　1/32
印　　张　3.75　插页 5
版　　次　2015 年 3 月北京第 1 版
印　　次　2024 年 3 月第 2 次印刷

书　　号　978-7-02-012745-0
定　　价　55.00 元

如有印装质量问题,请与本社图书销售中心调换。电话:01065233595

献给吕迪·莫迪亚诺

献给妈妈

为什么我居然等同于我自己憎恶并同情的对象？

——司各特·菲茨杰拉德

黑夜里响起了阵阵笑声。总督抬起头。

"这么说，你是打着麻将等我们啦？"

说着，他把写字台上的象牙麻将牌给胡噜了。

"就你一个人？"菲利贝尔先生也问我。

"老弟，等我们很长时间了吧！"

他们大声说话还时而耳语，表情严峻地点头。菲利贝尔先生微微一笑，随意打了个手势。总督则把头歪向左边，十分倦怠的样子。他的面颊几乎贴到了肩膀，就像是一只秃鹳。

客厅中间摆着一架三角钢琴。四壁挂着紫色帷幔和窗帘。大花盆中栽满了大丽花和兰花。吊灯的光暗淡朦胧，宛若在噩梦中。

"来点音乐放松一下吧！"菲利贝尔先生建议。

"来点轻松的音乐，我们需要轻松的音乐。"莱昂内尔·德·吉耶夫说道。

"《今明之间》怎么样？这是首慢狐步曲。"巴鲁兹伯爵提议。

"我更喜欢探戈。"弗劳·苏尔塔娜却说道。

"行啊，快点来吧。"莉迪娅·斯塔尔男爵夫人不耐烦了。

"《你、你从我身边走过》吧。"薇奥莱特·莫里斯用悲伤的声调低声说。

"就来《今明之间》吧。"总督拍了板。

女人们浓妆艳抹。男士们衣着鲜亮多彩。莱昂内尔·德·吉耶夫穿了身橘黄色的西装和一件红褐色条纹衬衣；波尔·德·海尔德是黄色上衣，天蓝色裤子；巴鲁兹伯爵则穿着灰绿色的长礼服。已有几个人结伴起舞了：科斯塔切斯科和让法鲁克·德·梅多德，加埃唐·德、吕萨茨和奥迪沙尔维，西蒙娜·布克罗和伊雷娜·德·特朗赛……菲利贝尔先生则靠着左窗，立在一旁。当沙波乔尼可夫兄弟之一邀他跳舞时，他耸耸肩膀，并未接受。总督坐在写字台前，随着节拍轻轻地吹口哨。

"你不跳舞吗？老弟，"他问，"是不是着急了？放心吧，你有的是时间……有的是……"

"你瞧，"菲利贝尔先生明白地说，"警察就是久久的、久久的耐性。"

他走向角柜，拿起一本摩洛哥山羊皮浅绿色封面的精装书：《叛徒文选：从阿尔西比亚德①到德雷福斯②》，随手翻看，将书页中所夹的各种东西——信件、电报、名片、干花都一一放在写字台上。总督似乎对这种研究很有兴趣。

"是你最爱读的书吗，老弟？"

菲利贝尔先生递给他一张照片。总督长时间地审视着。菲利贝尔先生站在他的身后。总督手指着照片，低声说："他的母亲。""对吧，老弟？是令堂大人吧？"他又重复了一遍，"令堂大人……"他面颊上流下了两行泪水，直流到嘴边。菲利贝尔先生摘下眼镜，两只眼睛睁得很大：他也流了泪。这时，响起了《来点柔和音乐》的曲调。这是曲探戈。但他们没有足够的地方尽情蹦跳。于是就互相碰撞起来，有的人已踉踉跄跄，滑倒在地板上。"你不跳舞吗？"莉迪娅·斯塔尔男爵夫人问道，"来吧，陪我跳下一曲伦巴。""别缠他了，"总督低声埋怨她，"这个年轻人没心思跳舞。""就跳一次伦巴，伦巴啊！"男爵夫

---

① 阿尔西比亚德（又译亚西比德）（约公元前450—前404），雅典政治家。虽仪表堂堂、机敏过人，却自私自利，缺乏责任感。曾投靠过当时各个不同的阵营。

② 德雷福斯（1859—1935），法国犹太军官，德雷福斯事件的当事人。

人恳求地说。"伦巴！伦巴！"薇奥莱特·莫里斯连声嚷叫。在两只吊灯光下，这些人满脸通红，而且越来越红，都变成了深紫色。他们的两鬓全是汗水，眼神特别亢奋。波尔·德·海尔德的脸黑如焦炭，巴鲁兹伯爵的两颊塌陷了下去，阿希德·冯·罗森海姆的黑眼圈显得更大了。莱昂内尔·德·吉耶夫把一只手放在胸口上。科斯塔切斯科和奥迪沙尔维的动作也开始迟钝。女人们的脂粉已然龟裂，毛发的颜色越来越狰狞可怕。他们全在分解，肯定要就地腐烂发臭了。他们自己感觉到了吗？

"咱们开门见山，别讲废话，老弟，"总督小声地说，"你是否跟叫什么'朗巴勒公主'的人接上头啦？他是谁？他在哪儿？"

"听见了吗？"菲利贝尔先生也低声问，"亨利问那个叫'朗巴勒公主'的人，要了解他的详细情况。"

唱片转到了尽头。人们分别散坐在长沙发、软圆墩、安乐椅上。梅多德打开了一瓶白兰地。沙波乔尼可夫兄弟出去片刻，端回了两盘杯子。吕萨茨满满地斟上酒。"亲爱的朋友们，让我们干一杯。"早川建议说。"祝总督身体健康！"科斯塔切斯科高喊。"为菲利贝尔警官的健康干杯！"米基·德·瓦赞也大声说。"为德·蓬帕杜尔夫人干杯！"这是莉迪亚·斯塔尔男爵夫人的尖叫声。一时间大家举杯相碰，一饮而尽。

"朗巴勒的地址，"总督仍然低声说，"亲爱的，爽快点儿，把朗巴勒的地址告诉我们吧。"

"亲爱的朋友，你很清楚，我们强大无比。"菲利贝尔先生也低声说。

其他人都在小声交谈。吊灯光开始暗淡下来，在蓝色和深紫色之间摇曳，已分不清是谁的面孔了。"布利茨饭店越来越吹毛求疵了。""别着急，只要我在那儿，你就一定会得到大使馆的空白信。""亲爱的，只要格拉夫克鲁伯爵一句话，布利茨饭店就会永远睁一只眼，闭一只眼。""我跟奥托说说看。""贝斯特博士是我的好朋友。要我跟他谈谈这件事吗?""只要给德尔法娜打个电话，一切都没问题了。""对我们的证券推销员得厉害点，否则他们净钻空子。""不能饶过他们。""再说是我们保护着他们。""他们该感谢我们才对。""将来人家要找我们算账，而不是找他们。""瞧着吧，他们准会一推六二五! 而我们却不得不……""我们还没打出杀手锏呢。""前线的消息非常好，好极啦!"

"亨利要得到朗巴勒的地址，"菲利贝尔先生重复说，"一狠心就行了，老弟。"

"你这样迟疑不决，我十分理解，"总督说话了，"你看这么办行不行：你首先告诉我们今晚在哪儿可以抓获整个地下网的成员。"

"只不过是开头难，"菲利贝尔先生补充说，"接下去再告诉我们朗巴勒的地址，就容易得多了。"

"今天晚上一网打尽，好孩子，我们等着你呢。"总督仍然是小声地说。

一个黄记事本，雷奥米尔街买的。老板娘曾问我：您是大学生吧？（人们都对年轻人感兴趣。因为将来是属于他们的。人们愿意了解他们的打算，没完没了地向他们提问题。）该有个手电筒，才好找到那一页。光线这么暗，什么也看不见。只好把头埋到本子里，一页一页地翻了。第一个大写的地址是中尉——地下网的头头。尽量忘掉他那蓝黑色的眼睛。忘掉他说"还好吗，老弟"时的亲热口气吧。真希望中尉是个十足的恶棍，真希望他卑劣低下，自命不凡，是个地道的伪君子，这样事情就好办些了。然而在这晶莹明亮的水面上，却找不到一丝灰尘。万般无奈，就想想他的耳朵吧。那软骨组织，只要看上一眼，就止不住想呕吐。人类怎么会有这样一对可怕的赘疣？想象一下中尉的双耳吧，就在那儿，写字台上，比实物还大，颜色猩红、血管纵横。于是，急促地说出他今晚要去的地方：夏特莱广场。随后，一切都再容易不过了。甚至不用再看记事本，就说出了十来个名字和地址，声调就如同一名优等生在背诵拉封丹寓言一样。

"这回一网打尽，再漂亮不过了。"总督说。

他点了支烟，两眼看着天花板，吐出串串烟圈。菲利贝尔先生坐在写字台前，翻阅着记事本。肯定是在核对地址。

其他人仍然互相喋喋不休。"再跳跳舞吧，我的腿都麻了。""要温柔的音乐，我们需要温柔的音乐！"每人都说出他喜欢的曲子来！伦巴：《节奏小夜曲！》《我想象的爱情！》《干椰子！》《无论劳拉要什么！》《美丽的幽灵！》《你别不爱我！》。"玩捉迷藏怎么样？"有人鼓掌赞成。"行啊，就来捉迷藏！"黑夜里响起了他们的笑声，黑夜在颤抖。

几个小时前。布洛涅森林公园的大瀑布。乐队正在折磨着一首克里奥尔的华尔兹。一位头戴白毡帽、胡须花白的老者和一位穿深蓝色连衣裙的老妇，坐到我们的邻桌。悬挂在树上的折纸彩灯被风吹得摇来晃去。科科·拉库尔抽着雪茄，埃斯梅拉达静静地喝着石榴汁，谁也不讲话。正因为如此，我才喜欢他们。我很愿意仔细地描述他们：科科·拉库尔人高马大，红棕头发，暗淡无光的盲眼中，时而也闪现出无限的悲哀。他经常戴墨镜，把这一切隐藏起来。他动作笨拙迟缓，好似梦游者。埃斯梅拉达有多大年龄？她还是一个十分娇嫩的小姑娘。我本可以说出许多关于他们的感人细节，但是我太疲倦了，不想再说下去。对你们来说，知道科科·拉库尔和埃斯梅拉达这两个名字也就够了，同样，他们无声地出现在我的身旁，我就心满意足了。埃斯梅拉达十分赞叹地注视着乐队的刽子手们。科科·拉库尔嘴里含着微笑。我是保护他们的天使。我们将今后每晚都来布洛涅森林，来到这个由绿荫笼罩的大小湖泊、林间曲径和茶社酒吧所组成的神秘王国，以便更充分地消受夏夜的美好时光。这里毫无变化，一如我们的童年时代。还记得吗？你曾沿着卡特兰草地的小径滚铁环。风吹拂着埃斯梅拉达。她的钢琴老师告诉我说，她有了进步。她正按拜厄的方法学习识谱，不久就可以演奏沃尔夫冈·阿玛多·莫扎特的小段乐曲了。科科·拉库尔腼腆地点燃雪茄，好像对不起人似的。我喜欢他们。我的爱中，绝无儿女情长！我在想，如果我不在，他们将被人践踏。多么可怜，多么弱小，永远无声无息。吹一口气，挥一下手，就足以使他们粉身碎骨。和我在一起，他们什么也不用怕。有时，我也想将他们抛弃，但要选择一个合适的时机。比如今天晚上吧。

我可以起身低声告诉他们："在这儿等着我，我一会儿就回来。"科科·拉库尔会点点头。埃斯梅拉达会可怜地一笑。我只要走出十步别回头，然后，就顺其自然了。我会跑向汽车，把它旋风般地开跑。难就难在要咽气前的那几秒钟里，还要死死扼住不松手。不过，一旦那个身体一软，慢慢沉向深渊，你就会感到无限轻松，美不胜收。无论是在澡盆中施刑，还是在黑夜里保证回来之后又将某人抛弃的背叛行径，都是如此。埃斯梅拉达在玩弄吸管，朝中间吹气，使石榴汁泛出了许多泡沫。科科·拉库尔抽着雪茄。

当抛弃他们的念头诱惑我时，我依次观察他们，注意他们的每一个微小的动作，留心他们脸上的每一种表情，就像是要抓住桥的栏杆一样。抛弃他们，我又像当初那样，孤独一人。我自我安慰地想，现在是夏季，所有人下个月就该回来了。当时确实是夏季，但这个夏季将浑浑噩噩地延续下去。巴黎市内不见一辆车，不见一个行人。寂静中只有偶尔传来的挂钟报时声。有时，即使是待在艳阳下的大街拐角，我也觉得是在做噩梦。七月，人们离开了巴黎。是夜，他们最后一次汇聚在香榭丽舍大街和布洛涅森林公园的茶座上。直到那时，我才真正体验到了夏天的凄苦。这本是放焰火的季节。在树叶浓荫和彩灯下边，将要永远离去的人最后一次大声地欢笑。他们摩肩接踵，高声喊叫、嬉笑打闹，兴奋异常。只听一片碰杯声和车门声。大逃难开始了。整个白天，我在城中漫无目的地游荡。烟囱冒着黑烟：他们逃跑前要烧掉所有文件，摆脱不必要的行李拖累。无数的汽车排成长蛇阵，涌向巴黎的城门。而我却坐在街头的长椅上。真想也随他们逃去，但我却没有什么值得挽救的东西。一旦他们走了之后，幽灵就会出现，将我团团围住。我会认出几张面孔。女人们都浓妆艳抹，男人们也像黑鬼一样，打扮得花里胡哨：穿着鳄鱼皮鞋和五颜六色的衣服，戴着白金戒指。有的人一说话，就露出满口金牙。如今我落到了这些小人手里：这些在鼠疫吞噬了市民之后占领城市的耗子们。他们发给我警察证和持枪证，要我潜入一个"地下网"，伺机瓦解它。自童年始，我已多少次食言、爽约，觉得再当什么正牌的叛徒未免太"幼稚"了。"我等一会儿就回来……"我最后一次注视了这些面孔，黑夜将把他们吞掉……其中一些人根本无法想象我会离他们而去；另外一些人则目无表情地望着我："你真的还回来？"我还记得我每次看表时那奇怪的揪心之感：他们已等了我五分钟、十分钟、二十分钟。他们可能还未失去信心。我想赶紧去赴约，这种诱惑通常要持续一小时。告密却要容易得多了。几秒钟的时间就可以说出不少姓名和地址。不折不扣的暗探。假如他们愿意的话，我甚至还会成为杀人犯。我将用无声手枪打死那些受害者，然后观赏他们的眼镜、钥匙串、手绢、领带——这些可怜的物品。这些东西本来只对所有者有意义，但比死者的面孔更能令我动情。要杀死他们之前，我的目光不会离开人身上最不起眼的地方：鞋。人们认为，第一次见面时，只有手的躁动、面部表情、眼光和声调才能激动人心，那可错了。对我来说，感人之处就在鞋上。我一旦悔恨杀了人时，不是回想他们的微笑，他们的心地，而是回想他们的鞋。尽管这么说，这年头，干这种无耻警察的行当，还真来钱！我兜里有大把大把的钞票。我用这些钱保护科科·拉库尔和埃斯梅拉达。没有他们，我就会太孤单了。有时，我也想象他们并不存在。我就是这个红棕头发的盲人和这个羸弱的小女孩。真是自怜自慰的绝妙机会。再忍耐一会儿吧。泪水快涌出来了。我终于要体验到英籍犹太人所说的"自怜"这种感情的甜美了。埃斯梅拉达朝我微笑。科科·拉库尔吸着雪茄。白发老汉和蓝裙子老妇。四周的空桌椅。忘记关掉的吊灯……我时时害怕听见砾石上的刹车声。车门啪的一响，他们就会慢慢地、摇摇晃晃地向我们走来。埃斯梅拉达皱着眉头，吹出一串气泡，看它们上下飞舞。其中的一个碰到老妇人的脸，噗地破了。树枝在微颤。乐队奏起了恰尔达什舞曲。然后是狐步舞曲、军队进行曲。再过一会儿，就不知道演奏什么乐曲了。所有的乐器都气喘吁吁、抽抽噎噎。被他们拖进客厅里的那个人的脸又浮现在我眼前：他双手绑着一条皮带，先是想拖延时间，朝他们做逗人的鬼脸，似乎要使他们开心。后来他无法控制自己的恐惧，千方百计去刺激他们：他向他们频频传递媚眼，一颠一颠地裸露出右肩，四肢乱抖，跳起了肚皮舞。这个地方真是一秒钟也不能多待了。音乐就要随着最后的噪响而消亡。吊灯也将熄灭。

"咱们玩捉迷藏吧？""这主意太妙了！""我们根本不用蒙眼睛。""光线够暗的了。""就由你开始吧。奥迪沙尔维。""你们快散开！"

他们蹑手蹑脚。只听有人在开壁柜的门，肯定想藏到里边去。还能感觉到有人在写字台周围爬行。地板吱咯直响。有人撞在了家具上。窗前现出一个人的身影。低低的笑声，无声的喘息。动作加快了。准是跑了起来。"巴鲁兹，抓住你了。""错了，我是海尔德。""那是谁？""你猜！""罗森海姆。""不对。""科斯塔切斯科？""不对。""猜不出来了？"

"我们今晚要抓住他们，抓住中尉和地下网的全部成员。一个不落。这些人在坏我们的事。"总督一板一眼地说。

"你还没有说出朗巴勒的地址呢。还等到什么时候啊？说吧！……"菲利贝尔小声地说。

"让他喘口气吧，皮埃罗。"

灯光一下子明亮起来。他们不住地眨眼。全都围到了写字台前。"我的嗓子直冒烟。""朋友们，喝一杯吧，喝一杯！""唱支歌吧，巴鲁兹，唱支歌！""从前有一只小船。""接着唱，巴鲁兹，接着唱下去！""却没、没、没、没出过航。""你们想看我的文身吗？"弗劳·苏尔塔娜问。她扯开短上衣。两个乳房上各文了一只猫。莉迪娅·斯塔尔男爵夫人和薇奥莱特·莫里斯将她掀翻在地，扒去上衣。她挣扎着，从她们手中逃了出去，还尖声尖叫地挑逗她们。薇奥莱特·莫里斯便满客厅地追她。吉耶夫在客厅的一角嚼着鸡翅膀。"在实行配给制的时期，大吃大喝真是一种享受。你们知道我刚才干了什么吗？我对着镜子把脸上涂满了肥鹅肝！是一万五千法郎一片的肥鹅肝！"（他大声笑了起来。）波尔·德·海尔德问："不再来点白兰地啦？再也弄不到了。四分之一升就卖十万法郎！想抽英国烟吗？这是我直接从里斯本弄的。两万法郎一盒。"

"用不了多久，就该称呼我警察局长先生了。"总督干巴巴地说。

他的眼神立刻又变得茫然了。

"为警察局长的健康干杯！"莱昂内尔·德·吉耶夫叫嚷。他踉踉跄跄，跌倒在钢琴上。手中的酒杯跌落了。早川保罗和巴鲁兹陪菲利贝尔先生查阅一份案卷。沙波乔尼可夫兄弟则围着唱机忙碌。西蒙娜·布克罗正对着镜子自我欣赏。

　　夜呵

　　音乐

　　还有你的唇

莉迪娅男爵夫人一边哼，一边用脚划着舞步。

"不来一回性与神的全面合作？"伊凡诺夫用他的公驴嗓吼叫。

总督愁眉苦脸地看着他们。"大家将称呼我局长先生，"他提高了嗓门，"警察局长先生。"并用拳头连连敲写字台。他的这通脾气没有引起任何人的注意。他站起身，把客厅左边的窗户推开一半。"到我身边来，老弟，我身边需要你。你是一个多么富有感情的小伙子啊。多么善解人意……你能使我的情绪稳定下来！……"

吉耶夫正在钢琴上打鼾。沙波乔尼可夫兄弟不再捣鼓电唱机了，挨着瓶研究起花来。他们一会儿调整一下兰花的姿势，一会儿又抚摸一下大丽花的花瓣。还不时地朝总督转过身来，不无恐惧地望望他。西蒙娜·布克罗看来被镜中自己的脸蛋迷住了。她紫色的眸子张大，面色也越来越苍白。薇奥莱特·莫里斯挨着弗劳苏尔塔娜，坐到天鹅绒套的长沙发上。她们白皙的手心伸向会看相的伊凡诺夫。

巴鲁兹说："钨的价格在涨。我可以给你低价弄一些。我与维尔居斯特街专卖行的居伊·马科斯合作。"

"我还以为他只搞纺织品呢。"菲利贝尔先生说。

"他改行了，"早川解释说，"他的库存卖给了马西亚-雷奥尤。"

"也许你更想弄点生牛皮？"巴鲁兹问，"铬鞣小牛皮已涨了一百法郎。"

"奥迪沙尔维跟我说过，他有三吨精纺羊毛要脱手。我想你会要的，菲利贝尔。"

"我明天一早就给你提供三万六千副纸牌怎么样？你可以把他们高价出卖。现在正是时候。他们月初开始了'重点行动'。"

伊凡诺夫仔细审视着侯爵夫人的手。

"别说话！"薇奥莱特·莫里斯吼叫着，"看相师在给她看相哪，别说话！""你对这些人怎么看？"总督问我，"伊凡诺夫用他那根儿轻金属魔杖弄得女人们团团转，都离不开他了。亲爱的朋友，他那是在愚弄她们。这个老奸巨猾的小丑！"他俯在阳台的栏杆上。下面是十六区特有的那种寂静的广场。路灯把一种奇怪的蓝光洒向树枝和露天音乐台上。"我的孩子，你知道吗？我们现在所在的庄园，战前属于德·贝尔雷斯皮罗先生。"（他的声音越来越低沉。）"在一个柜子里，我发现了他写给他妻子、孩儿的信。他也有家庭情感！看，那就是他，"他指着挂在两扇窗户之间那幅真人大小的画像说，"这就是德·贝尔雷斯皮罗先生，身穿北非骑兵的军官制服。看看那些勋章！这才叫法国人哪。"

"两平方公里的人造丝织物怎么样，我非常便宜地卖给你，"巴鲁兹推销地说，"就换你五吨饼干？车皮被卡在西班牙边境上了。但你会很快拿到放行证。我只收很少的一点佣金，菲利贝尔。"

沙波乔尼可夫兄弟在总督身边转来转去，但没敢跟他说一句说。吉耶夫呼呼大睡。弗劳·苏尔塔娜和薇奥莱特·莫里斯由着伊凡诺夫哄骗他们：星宿流……圣五星图……沃士的麦穗……大地的长波……咒语的诠释……参宿四……西蒙娜·布克罗额头顶在镜子上。

"我对这些金钱交易没有任何兴趣。"菲利贝尔先生很干脆。

巴鲁兹和早川神色怏怏，走到莱昂内尔·德·吉耶夫的沙发前，拍了拍肩膀，想把他叫醒。菲利贝尔先生手持铅笔，审阅着案卷。

"你知道吗，亲爱的老弟，"总督接着说（他真好像要潸然泪下了），"我没有受过什么教育。埋葬我父亲的时候，我孑然一身晚上非常冷，我就睡在我父亲的坟上。十四岁时到艾斯教养院……然后是惩戒营……弗雷纳监狱……我遇到的尽是像我一样的流氓恶棍……人生呵……"

"醒醒，莱昂内尔!"早川吼道。

"我们有重要的事要告诉你!"巴鲁兹补充说。

"如果你肯给我们百分之十五的佣金，我们可以给你提供一万五千辆卡车和两吨镍，"吉耶夫眨了眨眼，用一块浅蓝色手绢揩了揩额头，"干什么我都愿意，只要能把肚皮撑得绷绷鼓就行。你们不觉得我最近两个月胖了吗？在全面实行配给制的时候，这真是莫大的享受。"他蹒跚地走向长沙发，伸手往弗劳·苏尔塔娜的上衣里边抓。后者挣扎着，狠狠扇了他一记耳光。伊凡诺夫嘿嘿冷笑。"干什么都行，我的活宝们，干什么都行。"吉耶夫嘶哑地重复说。"那就说好了，明天早晨行吧，莱内昂尔！"早川接着问，"我可以告诉希尔第罗斯基了吧？我们额外送一车橡胶酬谢你。"

菲利贝尔先生坐在钢琴前，若有所思地按出了几个音符。

"不过，老弟，"总督又接着说，"我总是渴望着承担责任。请不要把我与在座的那些人混为一谈……"

西蒙娜·布克罗还在对镜梳妆。薇奥莱特·莫里斯和弗劳·苏尔塔娜则闭目养神。看相的似乎正在向星宿乞灵。沙波乔尼可夫兄弟立在钢琴旁，一个在给节拍器上弦，另一个则递给菲利贝尔先生一本乐谱。

"就说莱昂内尔·德·吉耶夫吧，"总督悄声说，"我可以讲出这个奸商的千万件丑事来！还有巴鲁兹！早川！所有其他人！伊凡诺夫吗？他是一个下流的诈骗者！莉迪娅·斯塔尔男爵夫人是个婊子……"

菲利贝尔先生翻着乐谱，不时地打打拍子。沙波乔尼可夫兄弟恐惧地望着他。

"老弟，你看见了吧，"总督接着又说，"所有耗子见最近'事件'有机可乘，纷纷窜上了地面。我自己也如此……只不过这是另外一码事！别光看表面！不久以后，我就会在这个大厅里，接待巴黎最受尊敬的人，他们将称我为局长先生。警察局长先生！你明白吗？"他转过身去，指着实体大小的画像说："这就是我！西非骑兵军官！看看勋章！荣誉勋位勋章！圣墓十字勋章！俄国的圣乔治十字勋章！门的内哥罗的达尼罗勋章！葡萄牙的塔和剑勋章！我用不着嫉妒德·贝尔雷斯皮罗先生了！该让他羡慕我了！"

菲利贝尔先生的鞋后跟咔的响了一声。

立时一片寂静。

他弹起了华尔兹。音符的瀑布迟疑片刻，继而宣泄而下，在大丽花与兰花上溅起了一片珠玑。他昂首端坐，双眼微闭。

"你听到了吗，我的孩子?"总督问，"你看他那双手！皮埃尔可以几小时几小时地弹下去，既不卡壳，也不抽筋！真是一个艺术家！"

弗劳·苏尔塔娜的头轻轻晃动。音乐一起，她就不再迷迷糊糊了。薇奥莱特·莫里斯站起身，独自跳起华尔兹，直跳到客厅的另一头。早川保罗和巴鲁兹也不再言语。沙波乔尼可夫兄弟目瞪口呆，静静地聆听。看着菲利贝尔先生在键盘上飞舞的手指，吉耶夫本人也好像被迷住了。伊凡诺夫扬着头，盯着天花板。可西蒙娜·布克罗却像什么事也没有似的，在威尼斯圆镜前继续化妆。

演奏者用尽力气弹着和弦，身躯前倾，双眼紧闭。华尔兹的舞曲越来越激狂。

"你喜欢吗，老弟？"总督问我。

菲利贝尔先生猛地盖上了钢琴。他站起身，搓着手走向总督。稍停了片刻后说：

"亨利，我们刚刚逮住一个人，是散发传单的。当场捉住。布鲁东和雷欧克卢正在地下室里审他呢。"

其他人仍然陶醉在华尔兹舞曲中。他们一言不发，手脚木然，音乐结束后仍待在原地。

"我正跟他谈你呢，皮埃尔，"总督咕噜道，"我说你是一个有感情的人，一个举世无双的音乐家、艺术家……"

"谢谢，亨利，谢谢。你说得对，但我憎恶夸大其词！你应该告诉这个年轻人，说我无非是一名警察！"

"是法国的头号警察！一个部长说的！"

"亨利，那已经是很久以前的事了！"

"那时，我真有点怕你呢，菲利贝尔警长！好家伙！我当上警察局长后要任命你为分局长，亲爱的！"

"别说了！"

"你还是喜欢我的，是吧？"

一声惨叫。两声。三声。异常尖厉。菲利贝尔先生看了看表："已经四十五分钟了，嘴该撬开了！我去看看！"沙波乔尼可夫兄弟紧随其后。其他人——表面看来——什么也没听见。

"你真是绝色美人。"早川保罗吹捧着男爵夫人莉迪娅，递给她一杯香槟酒。"真的吗？"弗劳·苏尔塔娜和伊凡诺夫对上眼。巴鲁兹轻手轻脚，溜向西蒙娜·布克罗，吉耶夫半路上使了个绊。巴鲁兹摔倒在地，碰翻了一盆大丽花。"都想卖弄风流啊？不再理睬我这个胖子莱昂内尔啦？"吉耶夫哈哈大笑，用天蓝色的手绢扇着风。

"就是他们抓住的那个家伙，"总督小声说，"散发传单。够他受的。他早晚会招认的。你去看看吗？""为总督的健康干杯！"莱昂内尔·德·吉耶夫叫嚷。"也为菲利贝尔警官的健康干杯！"早川保罗边说，边抚摸男爵夫人的颈项。又是一声嚎叫。两声。长长的呜咽。

"不说就揍死他！"总督吼道。

其他人根本不理睬此事。只有对镜梳妆的西蒙·娜·布克罗例外：她转过身，紫色的眸子大得吓人。下巴上还蹭了一道口红。

我们又听了几分钟音乐。当我们穿越瀑布处的十字路口时，音乐终止了。我开着汽车。科科·拉库尔和埃斯梅拉达坐在前面。

我们沿着湖边公路缓缓行驶。一出森林，便来到了地狱：拉纳大道，弗朗德兰大道，亨利-马尔丹大街。这是巴黎最令人恐怖的居住区。从前，这里晚上八点钟以后，寂静得使人有一种安全感。因为这是布尔乔亚式的寂静，这里居民戴毡礼帽，穿天鹅绒服装，都有良好教育。可以想象晚饭后，全家人聚在客厅里。而如今，无人知晓那黑洞洞的门庭后面会发生什么事。不时，一辆不开车灯的汽车从我们旁边擦过去。我真害怕它会停下来，挡住我们的去路。

我们拐上了亨利-马尔丹大街。埃斯梅拉达开始打瞌睡：十一点以后，年轻姑娘们就睁不开眼了。科科·拉库尔抚弄着仪表盘，扭动收音机旋钮。他们二人全都不知道，他们的幸福是那么脆弱。只有我一个人在忧虑。我们是三个幼童，坐在巨大的汽车里，正穿越不祥的黑暗。如果哪扇窗户有灯光，我就得提防着点。我非常熟悉这个地区。总督曾要我搜遍这些公馆，好抢掠艺术品：第二帝国时期的宅邸、十八世纪的游乐场、一九〇〇年间有彩绘玻璃窗的府邸、哥特式的仿古城堡，等等。那里面只剩下了战战兢兢的看门人，他们被仓皇出逃的主人们丢在脑后。我敲开大门，亮一下警察证，便开始搜查整个宅邸。我忘不了这类漫游：从马约城堡到姆埃特，再到欧特伊。我坐在栗子树荫下街头长椅上。街上阒无一人。我可以进入区内的每幢房屋。城市属于我了。

到特罗卡戴罗广场了。身边是科科·拉库尔和埃斯梅拉达，两个石头般的伙伴。妈妈曾对我说："什么样的人就有什么样的朋友。"对此，我回答说：我不喜欢男人，他们太饶舌；我受不了他们嘴中涌出的嗡嗡乱叫的绿头蝇。我听了头疼，喘不过气来。比如那个中尉，就是伶牙俐齿。我每次走进他的办公室，他总是站起身，以"我的年轻朋友"或是"我的小伙子"开头，继而滔滔不绝地讲起来。话以疯狂的速度奔涌，他几乎来不及一字字咬清楚。即使稍微缓一下劲，那也是为了接下来更汹涌的言语波涛将我吞没。他越说越声嘶力竭，以致最后乱叫乱喊，词卡住了喉咙。于是他就跳脚、挥臂、抽筋、打嗝，脸色铁青。过一会儿又单调地接下去。他最后总是上气不接下气地以这句话结尾："要有胆儿，老伙伴。"

起初，他对我说："我需要你，咱们一起会干得很出色。我的人都处于秘密状态。你的任务就是打入敌人内部，要特别小心谨慎，要告诉那些混蛋都干些什么。"他非常明确地指出了我们之间的距离：纯洁和英勇归于他以及他的那个司令部，而卑下的密探行径和两面角色则属于我。那天晚上，我再次读了《叛徒文选：从阿尔西比亚德到德雷福斯》。看来，别管那么多了，脚踏两只船和背叛——有何不可？——符合我的调皮性格。反正我的意志不够坚定，当不了英雄，同时又漫不经心和随随便便，也成不了十足的恶棍。不过，我倒非常机敏，好动，还特别热情。

我们又开上了克雷倍尔大街。科科·拉库尔呵欠不断，埃斯梅拉达的头歪在我的肩膀上。他们该去睡了。那天晚上我们离开香榭丽舍大街上的"淡紫时光"酒吧后，也来到了克雷倍尔大街，走的是同一条路。当时在酒吧里，懒洋洋的人们黏糊在铺着红天鹅绒的桌子周围，或者坐在柜台前的高凳上，有莱昂内尔·德·吉耶夫，科斯塔切斯科、吕萨茨、梅多德、弗劳·苏尔塔娜、奥迪沙尔维、莉迪娅·斯塔尔、奥托·达·西尔瓦、沙波乔尼可夫兄弟……酒吧内半明半暗，温暖湿润，散发着埃及香水的气味。就是这样，巴黎还留有一些孤岛，那里的人们充耳不闻"近来发生的灾难"，那里还滞留战前的奢华和轻浮生活。我看着这些面孔，心中反复默念不知在哪儿读到的这句话："散发着背叛与暗杀恶臭的荒淫无度……"卖酒柜台的另一边，留声机正播放着乐曲：

> 晚上好
>
> 美丽的太太
>
> 我特意前来
>
> 祝您愉快……

总督和菲利贝尔先生将我拖到街上。一辆白色的本特利牌汽车停在玛尔伯夫街角。我们坐到司机旁，我钻进了后排。街灯的光线很暗。

"没事儿，埃迪有夜猫子的眼睛。"总督指着司机说。

"目前，"菲利贝尔先生拉着我的胳膊说，"青年的机会可真多。要好好选择，小伙子，我真想帮助你。我们处在一个危险时期。你的手细长白嫩，身体也很孱弱。千万要当心。奉劝你别充当英雄好汉。要安稳一点儿。跟我们干吧；对，不这样，就要当牺牲品，要不就是进疗养院。"总督问我："比方说，干点打探的事，你愿意吗?"菲利贝尔先生补充说："报酬很可观，而且完全合法。我们发给你警察证和持枪证。""就是要你打入一个秘密组织，伺机瓦解它。你把那些先生们的所作所为告诉我们。""只要小心一点，他们不会怀疑你。""我觉得你面目和善值得信任。"看来你不用烧香就能拜见真佛。""你的微笑很讨人喜欢。""眼睛也非常漂亮，小伙子!""叛徒总有一对明亮的眼睛。"他们的话越说越急。最后，我觉得他们好像是在同时说话，从他们的嘴里涌出了大群蓝色的飞蛾……涌出了他们要你做的一切……做耳目眼线，当职业杀手。真愿他们时而住口不说了，让我睡一会儿。耳目眼线、叛徒凶手、飞蛾……

"我们带你到新总部去，"菲利贝尔先生作出决定，对我说，"就是契玛罗萨花园街乙3号的宅子。""我们在那里庆祝乔迁之喜! 所有的朋友都来。"总督补充说。"家哟，甜美的家……"菲利贝尔先生哼了起来。

当我走进客厅时，神秘的话语又在耳畔回响："散发着背叛与暗杀恶臭的荒淫无度。"所有刚才见到的人都在这儿。还不断地来人：达诺思、高德博、雷欧克卢、维达尔-雷卡、白脸罗伯特……沙波乔尼可夫兄弟为他们斟上香槟酒。总督小声叫我："我想跟你单独谈谈。印象如何? 脸色那么苍白。喝点酒吧!"他递给我满满一杯玫瑰色的烈酒。他边推开落地窗，把我拉到阳台上，边对我说："你知道吗，自今日起，我就是一个帝国的主宰了。我们不单是个警察的附属部门，我们掌管着许多生意! 我们拥有五百多个经纪人! 菲利贝尔帮我处理行政管理事务！我充分利用了最近几个月发生的非常事件。"客厅里非常湿闷，玻璃窗结了水汽。又送来一杯玫瑰色烈酒。我一饮而尽，强压下去一阵恶心。"而且，（他用手背拂弄着我的面颊）你可以给我提些建议，有时也可以指引我。我没受过什么教育。（他的声音越来越低）十四岁时，我就去了艾斯教养院，接着是惩戒营、流放……但是，我渴望担负责任！你明白吗？"他的目光熠熠，有点狂怒了："我马上就要当警察局长啦！人们将称我局长先生！"他用双拳砸在阳台的边上，"局长先生。局—长—先—生！"他的目光忽又茫然了。

下边的广场上是湿淋淋的树木。我想走了，但是，恐怕为时太晚，他准会抓住我的手腕不放。我即使挣脱，也还得穿过客厅，在密集的人中闯开一条路，顶住这成千上万的胡蜂的冲击，然后才能走出去。一阵头晕目眩。大大小小的光环围住我，越转越快，我的心快要跳出来了。

"不舒服了？"他们扶住我的双臂，搀我坐到长沙发上。沙波乔尼可夫兄弟——到底是几个来着？——跑来跑去。巴鲁兹伯爵从一只黑皮包里抽出一叠钞票，给弗劳·苏尔塔娜看。稍远处，阿希德·冯·罗森海姆，早川保罗和奥迪沙尔维谈得正热闹。其他人我就看不太清了。只觉得这些人在就地瓦解；因为他们长嘴饶舌、喋喋不休，动作急促而又不连贯，浑身上下散发出浓郁的香水味。菲利贝尔先生递给我一个带有红色条纹的绿色证件。

"你从现在起就是情报部门的人了。你的化名是'斯温·特鲁巴杜尔'。"所有的人都高举酒杯围过来。"为斯温·特鲁巴杜尔干杯！"莱昂内尔·德·吉耶夫对我说。他一阵大笑，脸憋得通红。"为斯温·特鲁巴杜尔干杯！"莉迪娅男爵夫人也尖声地说。

如果我没记错的话，正是在那时，我忽然想咳嗽。我又看见了母亲的面孔。母亲弯身向我，同每晚熄灯前一样，在我耳旁低声说："你将死在断头台上！""祝你健康，斯温·特鲁巴杜尔。"沙波乔尼可夫兄弟之一嗫嗫地说，怯生生地拍了拍我的肩膀。其他人也从各个方向拥向我，黏糊糊的，就像一群逐臭的苍蝇。

克雷倍尔大街。埃斯梅拉达正在梦呓。科科·拉库尔不停地揉眼。他们该去睡觉了。这两个人全然不知，他们的幸福是多么脆弱。三个人中只有我在忧虑。

"很遗憾，我的孩子，"总督说，"让你听到了这种叫声。我也不喜欢暴力。但是这个人散发传单，非常可恶。"

西蒙娜·布克罗重新开始对镜梳妆。其他人又都松弛下来，亲切温和，与室内的装饰非常协调。我们在布尔乔亚式的客厅中，享受着晚饭后的陈年佳酿。

"喝点烈酒，振作一下吧，老弟！"总督向我建议。

"我们现在经历的'混乱时期'，"巫士伊凡诺夫指出，"对妇女们有一种刺激性欲的影响。""在目前物资匮乏的时候，"莱昂内尔·德·吉耶夫冷笑着说，"大多数人都已忘掉白兰地的醇香了。他们真是活该！""那让他们怎么办呢？"伊凡诺夫喃喃地说，"当世界误入歧途的时候……但别忘记，我的朋友，我并没有浑水摸鱼。对我来说，一切都要建立在纯真的基础之上。"

"铬鞣小牛皮……"波尔·德·海尔德先说。

"整整一车皮钨矿石……"巴鲁兹接下去。

"百分之二十五的抽头……"让-法鲁克·德·梅多德说得更明确。

菲利贝尔先生神情严肃地走进客厅，来到总督跟前："亨利，一刻钟后我们就出发。第一个目标：那个中尉，夏特莱广场。然后是地下组织的其他成员，按各自的住址去找。一网打尽！这个年轻人也同我们一起去。怎么样，我的小斯温·特鲁巴杜尔？准备准备吧！还有一刻钟！"总督仍然建议说："喝几口白兰地，壮壮胆子，特鲁巴杜尔！"菲利贝尔先生接着说："别忘了告诉我们朗巴勒的地址。明白吗？"

　　沙波乔尼可夫兄弟之一——他们一共是兄弟几人呢？——站在客厅中央，把小提琴放在颏下。他清了清嗓子，用动听的德语男低音唱起来：

　　　　千万
　　　　不必
　　　　为爱而哭泣……

　　其他人随着节奏拍起手。琴弓缓缓地滑过琴弦，慢慢加速，再加速……节奏越来越快。

　　　　为了爱……

　　就像水中投进了一块石头，一圈圈的光环不断扩大。人们开始在小提琴手的脚下旋转起来，一直延伸到客厅的墙脚。

　　　　在尘世
　　　　还有……

歌手喘不过气来，似乎再唱一句就会憋死。琴弓在弦上狂飞。

他们会随着这节奏拍手，会长久地坚持下去吗？

　　在这尘世

现在客厅也旋转起来，不停地旋转，只有提琴手伫立不动。

　　不止小树林……

你还记得吗？你小时候坐旋转木马，总是害怕，那越转越快的旋转木马叫毛毛虫。

　　还有那么多的……

你大声叫喊，但无济于事，毛毛虫仍转个不停。

　　有那么多的……

可你非要骑毛毛虫，为什么呢？

我也说谎……

人们拍着手站了起来……客厅旋转着，旋转着，似乎已开始倾斜了。这些人将失去平衡，那些花盆也将倾倒地上摔得粉碎。小提琴手急速地唱。

我也说谎

你大声叫喊，但无济于事。在喧闹的集市上，没人能听得见。

那一定是谎言……

中尉的面孔出现了。接着是十个、二十个来不及一一辨认的面孔。客厅旋转得真快，就像当时卢纳公园的"西罗可"毛毛虫一样。

为我选择的……

有那么五分钟，毛毛虫旋转得飞快，根本看不清围观的人了。

今天是属于你的……

但在旋转中，有时也可以瞥见一个鼻子、一只手、一个笑靥、一口牙齿，或者是瞪得圆圆的一双眼睛。又是中尉的蓝黑色眼睛。

十个、二十个其他人的面孔。是些刚刚被出卖了地址、马上就会在黑夜中被逮捕的人。幸运的是，这些面孔都一闪而过，像音乐的节奏那样快，来不及仔细观察他们的相貌。

发誓要爱……

他唱得更加迅疾，紧紧抓住小提琴，那惊恐的神态，就像海上遇难者。

我爱每一个人

其他人都拍手，拍手，再拍手，面孔肿胀，眼睛痴狂，肯定要中风而死……

我也说谎……

中尉的面孔。其他十个、二十个人的面孔现在也看得清了。

他们一会儿就要被逮捕。他们现在像是来找我算账。在几分钟的时间里，你甚至并不遗憾出卖了地址。面对这些凝视你的英雄，你甚至想高声说出你的探子身份。慢慢地，他们脸上的彩绘龟裂了，失去了那种傲慢气，为他们添光加彩的美好信念也像吹熄的蜡烛一样消失了。一个人脸上流下了泪水；另一个人低下头，朝你递来凄然的眼神。还有一个人惊奇地看着你，似乎不相信你竟会干出这种事……

当她惨白的尸体在水里……

这些面孔也在旋转，旋转得很慢。旋转中，他们轻声地责怪你。之后，随着不断的旋转，他们的脸庞抽搐了，再也不注意你了，眼里嘴上显出极度的恐惧。肯定是想到了他们的命运。他们又变成了黑夜之中呼喊妈妈救命的幼童……

从书籍到大河……

你回想起昔日他们与你的亲密相处。其中一个人还把他未婚妻的来信念给你听。

当她惨白的尸体在水里……

有一个人穿着黑皮鞋。另一个人知晓所有星辰的名字。内疚。这些面孔今后会不停地在你眼前旋转，你从此再也不能安寝了。中尉的一句话又响起在你耳边："我们组织的成员，都信心百倍。如果需要，他们会从容就义，绝不肯泄露一点秘密。"那么太好了。这些面孔再次变得冷酷无情。中尉的蓝黑色眼睛。十对、二十对充满蔑视的眼睛。既然他们愿意英勇就义，那就让他们去死吧！

在里埃伦河里……

他不再拉琴了，把琴放在壁炉上。其他人也慢慢静下来，变得无精打采，半躺半卧在沙发上……"你的脸色很苍白，我的孩子，"总督低声说，"别太往这上面用心思了，这次一网打尽，定会干净利索。"

来到阳台，呼吸自由清新的空气，暂时忘却屋中令人眩晕的花香、饶舌和乐曲，多么惬意呵。这是一个温柔、宁静的夏夜，令人流连忘返。

"当然，表面看来，我们完全是强盗行径。我用的这些人，采用的这些残忍手段，以及把你这样一个令人喜爱的小天使派去当奸细，这一切都不会为我们带来好名声。是啊……"

广场上的树木、报亭沐浴在橙红色的光线里。"还有这些奇怪的人，围着我叫作'老巢'的东西转来转去。这是些奸商、风流女人、撤职的警长、离不开吗啡的瘾君子、夜总会老板以及这些不在哥达贵族系谱①上的侯爵、伯爵、男爵、公主们……"

下面的街道边上，汽车摆成长龙。他们的汽车。在夜色里，一辆辆看似黑乎乎的斑点。

"我知道，这一切都会给有教养的年轻人以不好的印象。但是（他的声音变得愤愤然），既然今夜你已经同这些不值得称道的人在一起了，这就是说，别看你有一副可爱的嘴脸……（他的口气又缓和了。）因为我们是一条道上的人，先生。"

---

① 哥达贵族系谱：欧洲各系贵族的家谱，1764—1945 年间在哥达陆续出版，故名。

吊灯光烤着他们，并像浓酸一样腐蚀他们的面孔。这些人的脸庞凹陷下去，皮肤渐渐干硬，脑袋也马上就要变成希瓦罗人①的收藏品那般微小了。盆花和干瘪的皮肤都散发着香气。不要多久，这里就什么也没有了，只剩下水潭上不断破裂的气泡。他们已经陷入紫黑色的泥淖中。泥淖在不断地上升、上升，已没了他们的膝盖。他们没有多少日子好活了。

"老待在这儿真无聊。"莱昂内尔·德·吉耶夫说。

"该出发了，第一站是夏特莱广场，找中尉去！"菲利贝尔先生说。

"你也来吧，老弟？"总督问我。外面还像平时一样，实行灯火管制。他们碰上哪辆车上哪辆车。"夏特莱广场！""夏特莱广场！"车门砰砰作响。车飞速开走。"别超过他们，埃迪。看着这些勇士，我就精神倍增。"

"这些人花天酒地，还不是靠我们！"菲利贝尔先生叹道，"稍微大度一点吧，皮埃尔。我们和他们一起干事业。他们全是我们的合作者。不管好坏，要同舟共济。"

克雷倍尔大街到了。他们不断地鸣笛，手伸向车外，

---

① 希瓦罗人：生活在厄瓜多尔的安第斯山南麓的印第安人。他们好战，割下敌人的头颅，用烧热的石头使其充分干缩，并作为战利品悬挂。

胡乱挥动。车摆来摆去，一侧的轮子发出吱吱的叫声，相互轻撞。在灯火管制下，大家竞相冒险，竞相喧扰。接着就是香榭丽舍大街，协和广场，里沃利街。"我很熟悉我们要去的街区，"总督说，"那里有菜市场，我的整个青少年，都是跟车卸菜……"

其他车辆已经跑没影儿了。总督微微一笑，用他那支纯金的打火机点燃一支烟。卡斯帝利奥内街到了。可以想见左边旺多姆广场上的圆柱。接着是金字塔广场。车速渐渐缓慢下来，就像来到了边境线上。卢浮宫街一过，城市就忽然显得矮了下去。

"我们进入'巴黎之腹'了。"总督提醒说。

尽管车窗全都关着，但一股无法忍受的气味还是呛得人想呕吐，不过人渐渐也就习惯了。他们大概把菜市场变成屠宰场了。

"巴黎之腹。"总督重复道。

汽车在黏糊糊的街石上直打滑。有什么东西溅到了引擎盖上。是泥水，还是血浆？总之是一种热烘烘的东西。

穿过塞巴斯托波尔大道，我们来到一个大空场上。周围的房屋全被拆除，只留下一些断壁残垣，飘着破烂的墙纸。从这些遗迹能猜出原来哪里是楼梯，哪里是壁炉，哪里是壁橱。猜得出房间的面积和放床的地方。这里曾放锅炉，那里曾安洗脸池。有人喜欢带花的墙壁纸，有人喜欢仿制的"如意"壁纸布。我甚至觉得能看出那面墙上曾挂着一幅彩色石印画片。

夏特莱广场到了。那就是泽丽咖啡馆，中尉和圣乔治半夜里要同我碰头的地方。等他们俩向我走来时，我该是一种什么举止呢？我和总督、菲利贝尔走进咖啡馆时，其他人早已在桌边落座。他们拥上前来，争着和我们第一个握手。他们抓住我们不放，又是拥抱，又是摇晃。一些人不停地吻我们；另一些人或者抚摸我们的后颈，或者亲热地揪我们的衣服翻领。我认出了让-法鲁克·德·梅多德，薇奥莱特·莫里斯和弗劳·苏尔塔娜。科斯塔切斯科问我："你好吗？"我们从聚集的人丛中挤出一条路来。莉迪娅男爵夫人把我拉到一张桌子前，那儿坐着阿希德·冯·罗森海姆，波尔·德·海尔德，巴鲁兹伯爵和莱昂内尔·德·吉耶夫。"来点白兰地吧！"波尔·德·海尔德对我说，"巴黎已见不到这种酒了，四分之一升就要卖到十万法郎！来，喝吧！"他把细瓶颈塞到我的嘴里。接着，冯·罗森海姆往我嘴里塞进一支英国香烟，拿出一个嵌有祖母绿宝石的白金打火机给我点燃。灯光慢慢发暗，他们的言谈举止都融化在温润的昏暗中。突然，德·朗巴勒公主的面孔出现在我的眼前，异常清晰。一名国民自卫队队员来到福尔斯监狱^①把她叫了出去："起来吧，夫人。该到修道院去了。"眼前就是他们的梭镖和面孔。她为什么没有高喊"祖国万岁"，就像人们要她做的那样？只要他们中的一个人用梭镖划破我的头：吉耶夫？早川？罗森海姆？菲利贝尔？总督？只要有那么一滴血，鲨鱼就会扑上来。不能再动了。我将高呼"祖国万岁"，让我喊多少次就喊多少次。把我衣服扒光也行。他们想干什么就干什么吧！罗森海姆又一次把一支英国烟卷塞进我的嘴里。也许是塞给死囚的烟？看来不是今晚行刑。科斯塔切斯科、吉耶夫、海尔德和巴鲁兹都对我十分热情。问我身体如何。还问我零花钱够不够。当然够。供出中尉和他的地下网成员会给我带来十来万法郎的收入。我将用这笔钱在莎尔蔚店中买几条长围巾，还要买一件小羊驼毛大衣，以备寒冬。也许在此之前他们就把我结果了。人人都说，懦夫总不得好死。医生也告诉过我，任何人在临死时，都会变成一个八音盒；在一瞬间，人们能听到一段音乐。这段音乐完全体现他的一生、他的秉性和他的向往。有些人的音乐是风笛华尔兹，有些人的音乐是军队进行曲。也许还会哼出一支茨冈人的歌，结尾是一阵嚎哭或是恐惧的尖叫。

---

① 福尔斯监狱：巴黎的古老监狱，坐落在巴莱地区。1850 年福尔斯监狱被拆毁。

你呢，小伙子，将听到半夜里朝空旷地方扔垃圾袋的声音。刚才从塞巴斯托波尔大道的另一侧穿过空地时，我就想："你的冒险将在这里结束。"我还记得走过的缓坡路，它把我一直带到巴黎这块最凄凉的地方。一切都开始于布洛涅森林公园。还记得吗？你曾在卡特兰草地上滚过铁环。时间飞逝。如今你又沿着亨利-马尔丹大街来到特罗卡的罗广场。然后是星形广场。前面是一条大街，两旁的街灯忽明忽暗。在你看来，它象征着充满希望的未来——别人就是这么说的。跨上这皇家大道，你陶醉了。其实，那不过是香榭丽舍大街，到处都是国际性的酒吧、华贵的少妇，以及"克拉里齐"，这个斯塔威斯基的鬼魂常常出没的地方。还有忧闷的"丽多"、让人伤心的"富盖"和"高利泽"两处旅馆。一切都掺了假。那边是协和广场。你穿着咧嘴的鞋，扎着白点领带，一副面首的嘴脸。经过和香榭丽舍大街一样龌龊的马德兰大教堂——歌剧院地区以后，你在里沃利街的拱廊下继续往前走，继续进行医学上称之为的精神上的瓦解。洲际饭店、莫里斯、圣詹姆斯和阿尔巴尼旅店，我曾在这些地方当过旅店盗贼。有时，有钱的女客人允许我上楼到她们的房间里去。清晨时，我翻遍她们的手袋，盗走一些首饰。再远处就是充满腐肉香气的仑佩尔梅耶。还有那些半夜里在竞技场花园里被抢走背袋和钱包的同性恋者。幻象突然更加清晰了：我在巴黎腹地像到了暖窝。哪里是巴黎的边缘呢？穿过卢浮宫街或王宫广场便是。你沿着臭气熏天的小巷，钻进这个菜场。巴黎的腹地是一个在五颜六色霓虹灯照耀下的野蛮场所。周围尽是些七倒八歪的菜筐和忙着装卸整扇牛肉的黑影。几个过分涂抹的灰白色面孔在我眼前闪过。从今以后，什么事都会发生。他们还将吸收你参加最肮脏的工作，然后再彻底和你清算。如果你出于极度的狡猾和怯懦，要离开这伙藏在黑暗中的男盗女娼，那也是找死。你会死在离塞巴斯托波尔大道不远的空场中央，死在那块荒地里。医生早就说过了。如今你已无路可走，后悔也来不及了。悔之晚矣。火车已停驶。我们星期日的环城散步。这条废弃不用的铁路线……

我们沿着这条巴黎的环城大道转悠。克里尼昂古尔城门，佩雷尔大道，太子城门。然后是雅威尔……沿线的车站都改成了仓库或咖啡馆。有些车站仍保持原样，看上去绝想不到早已没有火车进出了。五十多年来，只有那只大钟一直指着同一时刻。我对奥塞车站一直怀有一种特殊的温情，至今仍向往在那里等着登上天蓝色的普尔门式豪华列车，奔向上帝赐给亚伯拉罕的希望之乡。然而列车永远不会再来，我只得用哨吹着爪哇舞曲，穿过索尔费里诺桥。接着，我从钱夹里取出马塞尔·波蒂欧医生的照片。他正坐在被告席上沉思，身后摆放着许多手提箱。那是无数的希望和未能实现的计划。法官指着这些东西问我："说啊，你怎样度过了你的青年时代？"[①]而我的辩护律师（具体说就是我母亲，因为谁也不愿意为我辩护）则试图说服法官和陪审团成员："他从前是个很有前途的小伙子"，"很有抱负"，是一个人人都夸"长大了会很有出息"的孩子。证据嘛，法官先生，就是他身后的这些手提箱，全都质量优良。是俄罗斯皮革的，法官先生。"这些手提箱的质量对我来说又有什么用呢？它们根本就没有发出去。"一致判处我死刑。今晚可要早点睡了。明天该人声鼎沸了。别忘了你的化妆盒和口红。对着镜子再操练一下吧。你的秋波得有天鹅绒般的温柔才行。你会遇到许多有各种怪癖的人，他们会向你提出难以想象的各种要求。这些淫棍荡妇使我毛骨悚然。要是得罪了他们，我马上就会命归西天。她为什么不高喊"祖国万岁"？而我呢，他们让喊多少次我都喊。我是最最温顺的婊子。"喝吧！喝吧！"吉耶夫十分殷勤地邀请我。薇奥莱特·莫里斯也问："来点音乐？"总督面带微笑地向我走来："再有

---

① 魏尔伦的诗句。

十分钟中尉就到了。你要像什么事也没有似的，和他打招呼。""来支感伤的情歌。"弗劳·苏尔塔娜要求说。"感——伤——的——情——歌！"莉迪娅男爵夫人也跟着嗥叫。"然后争取把他带出咖啡馆。""来支《黑色的夜》吧！"弗劳·苏尔塔娜又说。"好让我们更容易抓住他。接下去，我们到其他人家里去抓人。""《五尺二寸》，这是我最喜爱的歌。"弗劳·苏尔塔娜尖声尖气地说。"即将一网打尽。我谢谢你向我们提供了情报，老弟。""不，不，我想听《斯温·特鲁巴杜尔》！"薇奥莱特·莫里斯大声嚷着。沙波乔尼可夫兄弟摇动留声机的摇柄。唱片已被划伤，听起来让人觉得歌手的嗓子马上就要撕裂了。薇奥莱特·莫里斯划着拍子，跟着哼唱：

> 可是你的女友去游山玩水，
> 可怜的斯温·特鲁巴杜尔……

中尉。难道是劳累后的幻觉？有些日子，他叫我叫得更亲热了。他的傲慢消失了，面容变得模糊起来。我面前只剩下了一位年迈的老婆婆，十分温柔地看着我。

> 她采来春天的玫瑰花，

伤心地扎成一束。……

他显出了疲倦和恐慌，好像突然明白他奈何不了我了。他反复说："你这颗单纯的、单纯的少女之心……"他大概是想说我并不是一个"混蛋"（他的口头禅）。当时，我真想谢谢他对我那样地亲热，而他平常是那般冷酷、专横。可我什么也说不出来，半天才咕噜出一句："我的心留在芭蒂尼奥尔大道了。"但愿这句话向他揭示了我的真实性格：我是一个相当粗俗、多愁善感，不对，是一个积极活跃、微不足道、绝无半点恶意的小伙子。

可怜的斯温·特鲁巴杜尔

可怜的斯温·特鲁巴杜尔……

唱片不转了。"来杯马提尼干红葡萄酒，年轻人？"莱昂内尔·德·吉耶夫问我。其他人也都问我起来。"又不舒服了？"巴鲁兹伯爵也问道。"你脸色十分苍白。""那让他去呼吸点新鲜空气吧！"

罗森海姆建议说。我没有发现柜台后面的波拉·奈格丽的巨幅照片。她的嘴一动不动，面庞滑润，神态安详，毫无表情地看着这个场面。相片已发黄，她显得更远了。

波拉·奈格丽对我也爱莫能助。

中尉来了。他和圣乔治如约在半夜时分走进了"泽丽"咖啡馆。事情快要结束了。我向他们招了招手，但没敢正面看他们，把他们带出了咖啡馆。总督、古阿里和维达尔-雷卡持枪立刻围了上来。这时，我才正面看了他们俩。他们看着我，先是吃惊，然后满是愉悦的蔑视。维达尔-雷卡要给他们上手铐时，他们猛地挣脱，向林荫大道飞跑而去。总督开了三枪。他们倒在广场与维多利亚大街的拐角处。

接下去被捕的有：

科维萨尔：博斯凯大街 2 号；

佩尔耐蒂：沃吉拉尔街 172 号；

雅斯曼：巴斯德大道 83 号；

奥伯里加多：迪罗克街 5 号；

皮克皮斯：菲利克斯—富尔大街 17 号；

马尔伯夫和佩尔波尔：布罗多耶大街 20 号。

每次都是我去敲门，我报名字，他们没有片刻的迟疑。

他们在睡梦中。科科·拉库尔占了最大的房间。埃斯梅拉达被安顿在曾属于原主人女儿的蓝色房间内。六月份，"事变之后"，房主们都逃离了巴黎。他们会在旧秩序恢复之后归来，或许就在下个季度……会把他们从自己的宅邸赶出去。在法庭上，我将承认我是破门而入的。总督、菲利贝尔以及其他人要和我一起出庭。世界将恢复旧观，巴黎将恢复光明之城的称号。法庭内听众们双手托腮，倾听公诉人列举我们的罪行：我们出卖同志、行凶施暴，还偷盗、暗杀，搞各种走私——在我写此文的时候，这全是家常便饭。有谁肯为我辩护呢？十二月的某日凌晨，红丹山上的要塞。执刑队。马德兰·雅各布会写下我所有的可耻行为。（妈妈，你可别读那本书。）其实，在道德、正义、人性重新树立在阳光下之前，在他们将我驳得哑口无言之前，我的同伙就会把我给干掉了。我愿在身后留下一点纪念：至少是给后人留下科科·拉库尔和埃斯梅拉达的名字。今夜有我照看着他们。但能持续多久？没有了我，他们将会怎样呢？他们是我唯一的伴侣。像羚羊一样，温柔、沉静而脆弱。我想起来，我曾在一本杂志上剪下了一张照片，那是一只刚刚被人从水中救起的小猫。浑身湿淋淋的，淌着泥水。一条绳子一头拴住它的脖子，另一头拴着一块石头。我从未见过像它那样善良的目光。科科·拉库尔和埃斯梅拉达就和那只猫一模一样。请你们听清楚：我并非动物保护协会的会员，也不是人权组织成员。那么我干什么呢？我走在遭受劫难的城市街道上。夜晚，城市在灯火管制下隐没，而总督、菲利贝尔和其他人将我围在中间。天气异常燥热。我必须找到一块绿洲，就是对科科·拉库尔和埃斯梅拉达的爱，否则我会立刻死掉。我猜想希特勒也需要放松一下，抚摩他的狗。**我保护着他们**。谁若想伤害他们，就是想伤害我。我摸着总督给我的无声手枪。我的口袋里满是钞票。我有法国最美丽的名字（是窃取的，但在目前的境况下，这根本算不上是一回事）。我空腹体重九十八公斤。我有天鹅绒般的眼睛。是"前途无量"的小男孩。什么样的前途？所有的仙女都曾飞到我的摇篮前。她们可能是喝醉了。你们的对手可不是好惹的。你们可别碰他们俩一根毫毛！头一次碰见他们是在格雷耐尔地铁车站。我立刻明白，只要碰一下，吹一口气，他们就会粉身碎骨。我真奇怪是凭借哪种神奇力量，他们还活在世上。我想起了水中救起的那只猫。高个子棕红头发的盲人叫科科·拉库尔，小女孩——或是小老太婆——叫埃斯梅拉达。面对这两个生命，我萌生了恻隐之心。一股苦涩、凶猛的潮水将我淹没。然后是眩晕，像随之而来的拍岸巨浪将我攫获：把他们推到铁轨上去吧。我当时准是把指甲都攥进了手心肉里，浑身僵硬。潮水再次吞噬我，汹涌的浪头竟是那么温柔，我闭上了眼睛，陶醉在其中。

我每晚都极轻地推开他们的房门，看他们安睡。我感受到了第一次见他们时的眩晕：真想在兜里抠响无声手枪，将他们击毙。我要砍断最后一根缆绳，抵达北极；在那里，人已无泪，因为泪水会冻在睫毛上。孤独感也不再能减缓了。一种干枯的悲伤。圆睁的双眼只能面对荒枯的植被。既然我还下不了决心摆脱这个盲人和这个小女孩——或这个小老太婆——那么至少，我能出卖中尉吗？他的不利之处，是有勇气、自信心，以及一举一动所显出的威严。那直勾勾的蓝色目光使我恼火。他属于令人讨厌的那类英雄人物。但是，我却情不自禁把他看成是一个慈祥的老奶奶。我并不认真看待男子汉。终有一天，我看待所有男子汉，包括我本人，会用现在注视科科·拉库尔和埃斯梅拉达的目光，那些最强硬、最自负的人，在我看来都要成为需要保护的残疾人。

他们睡前曾在客厅里玩了一阵麻将。柔和的灯光照在书橱上，照在德·贝尔-雷斯皮罗先生那张真人大小的画像上。他们轻轻地推动麻将牌。埃斯梅拉达低着头，科科·拉库尔则咬着拇指。我们周围是死一般寂静。我关上了百叶窗。科科·拉库尔很快入睡。埃斯梅拉达怕黑，我总是把她的门留一道缝，开着楼道的灯。我给她念大约一刻钟的书。常念的书是莱昂·都德夫人的《如何养育女儿》。是我们住进这座私宅时在她房间床头柜上发现的书："特别是面对存放衣物的大衣柜时，小女孩才开始认真感受到家中的物品。存放单子、内衣的大衣柜，不正是家中安全与稳定的最有代表性的象征吗？厚厚的柜门里，排列着一叠叠雪白的被单、缎纹的桌布和齐整的内衣。我认为再没有什么东西，能比存放衣物的大衣柜更能使人感到舒适与安全了。"埃斯梅拉达睡着了。我在客厅的钢琴上按出了几个音符。我倚在窗台上。十六区常见的寂静的广场。浓密的枝叶摩挲着玻璃窗。我情愿把这里当作我的家。我对这里的大书柜、粉红色的罩灯和钢琴都已十分熟悉了。我很愿意像莱昂·都德夫人建议的那样培养日常生活的品德。但我没有这个时间了。

房主总有一天要回来。他们将把科科·拉库尔和埃斯梅拉达赶出去。这点最令我悲伤。我对我自己没有一点怜悯。我只剩下了对同类的恐惧（我因此才会干出无数可耻的行为）和怜悯：虽然他们的狰狞面孔令我毛骨悚然，我也还是认为他们令人动心。我要在这些狂人中间度过整个冬天吗？我的脸色很难看。从中尉到总督，又从总督到中尉，在这两者之间来往穿梭，我已精疲力尽。我力图满足两方面（好使他们谁也不加害于我）。这种两面派的把戏需要有强壮的体力，而我却不具备。于是，真想大哭一场。无忧无虑已让位于英籍犹太人称作"精神崩溃"的状态了。我在思索的迷宫中左冲右突，最后得出一个结论：这些人虽分裂成了两个对立派别，但早已秘密结盟要毁掉我。总督和中尉不过是一个人。我自己不过是一只惊慌失措的飞蛾，从这个灯火飞向那个灯火。每次都烧焦点翅膀。

埃斯梅拉达哭叫起来。我马上赶过去安抚她，她做噩梦，一会儿就好，很快就会重新入睡。我一边玩着麻将，一边等着总督、菲利贝尔和其他人的到来。我最后一次分析了形势。这边儿是"蜷缩在黑暗中"的英雄：中尉和他总部中勇敢的圣西尔军校学员。另一边儿是总督和他周围的匪徒。我在他们中间摇来摆去。我也有自己的抱负，虽然这种抱负并不远大：只是在巴黎近郊一家旅馆当一名酒吧招待。那里应有高大的门庭，鹅卵石甬道，周围到处都是绿草地，还有高大的围墙。天气晴朗时，从四楼顶上，可以望见远方地平线上矗立的埃菲尔铁塔。

酒吧招待。会习惯的，但有时心里也很痛苦，尤其人在二十岁左右，总以为能有些作为。我没那个命了。要干些什么呢？调鸡尾酒。星期六晚上的顾客很多，点菜要酒的速度越来越快。加泡金酒。亚历山德拉巧克力奶酒。玫瑰夫人酒。爱尔兰威士忌冲咖啡。柠檬片。两杯马提尼潘趣酒。越来越多的顾客坐在柜台前。我在柜台里把五颜六色的饮料混合在一起。可别让他们久等。我怕稍有懈怠，他们就会扑向我。我急忙添满他们的酒杯，完全是为了同他们保持距离。我不大喜欢人与人之间的接触。要波尔图-弗利卜酒？要什么就给什么。我给他们灌酒。这不过是防备自己同类，或者说摆脱自己同类的一种办法。来杯玛丽·布里扎尔酒？他们的脸已变成猪肝色，步履蹒跚，待会儿就会烂醉如泥了。我将双肘撑在柜台上看着他们沉睡过去。他们伤害不了我了。终于宁静下来。我的呼吸总是急促。

我身后的照片是亨利·加拉、弗莱德·布雷多耐尔和战前的另外几个明星。岁月使他们的微笑失去了光彩。手边放着一本画报，是诺曼底号邮船的专刊。烤肉餐厅和后边的座位。儿童游戏室。吸烟室。大客厅。五月二十五日为赞助海运事业由弗朗丹太太主持的晚会。整条船已沉没。我习惯了。泰坦尼克号失事时，我正好在船上。午夜十二点了。我在听夏尔·特雷奈的老歌：

　　……晚上好，

　　美丽的太太……

唱片已划了多处，可我还是听不厌。有时我也换张唱片：

一切都结束了，没有了散步，
没有了春天，斯温·特鲁巴杜尔……

小旅馆就像是一艘海底观察船一样，停留在被淹没的城市里。

这不是亚特兰蒂斯岛吗！溺水者在奥斯曼大道上漂动。

……你的命运，
斯温·特鲁巴杜尔……

在伏盖咖啡馆里，他们围在桌子旁。其中的大多数已失去了人形。几乎看不清在花花绿绿的烂衣服下的五脏六腑。在圣拉扎尔站的候车大厅里，尸体成堆地漂游；还能看到不少尸体从郊区火车的车门钻出来。到阿姆斯特丹街了。尸体由"老爷酒馆"里涌出，泛着青绿色，可是却比先前的尸体保存得更完好。我继续走下去。爱丽舍-蒙马特尔。马奇克城堡。卢纳公园。里亚尔托舞厅。一两万名溺水者的动作极度缓慢沉重，就像慢速放映的电影中的人物。死一般的寂静。有时他们也与海底观察船相碰。于是面孔贴在了舷窗上：黑洞洞的双眼，微微张开的嘴唇。

……斯温·特鲁巴杜尔……

我无法浮上水面。空气更加稀薄，小酒馆的灯光摇曳不定。我又回到了夏季的奥斯特里茨车站。人们奔向南方。他们在主要干线的售票窗口前拥挤；他们登上开往昂代的列车。他们将越过西班牙的边界。再也见不到他们了。有些人还在月台上转悠，但再过一会儿他们也会无影无踪了。是否要留住他们？我朝巴黎的西部走去。夏特莱。王宫。协和广场。天空蔚蓝，树叶嫩绿，都显得过分。香榭丽舍的花园就像是温泉浴场。

克雷倍尔大街。我转向左边。契玛罗萨广场。"十六区特有的寂静广场"。音乐亭早已废弃，杜桑-卢维杜尔的雕像也长满了黑灰色的癞疤。乙3号的宅子原属于德·贝尔-雷斯皮罗夫妇。他们曾于一八九七年五月十三日在此举办了一场波斯舞会。舞会上德·贝尔-雷斯皮罗先生的儿子身穿印度贵族的服装迎接客人。这个年轻人第二天死于慈善市场的火灾。德·贝尔-雷斯皮罗夫人很喜欢音乐，尤其是伊西多尔·德·拉腊的《告别回旋曲》。德·贝尔-雷斯皮罗先生则在空闲中作画。我必须讲出这些细节来，因为世人早已将这些遗忘了。

八月的巴黎引起人们无限的回忆。明媚的阳光。空荡的街道。吟唱的栗树……我静坐在长椅上，注视着砖石建筑的门面。百叶窗长期关着。科科·拉库尔和埃斯梅拉达的房间在四层。我住在左边的顶楼上。客厅里悬挂着德·贝尔-雷斯皮罗先生身着骑兵军官制服的真人大的自画像。我久久地注视着他的面孔和挂满勋章的前胸。荣誉勋位勋章。圣墓十字勋章。门的内哥罗的达尼罗勋章。俄国圣乔治十字勋章。葡萄牙塔和剑勋章。我趁此人不在而占用他的房间。我自言自语：噩梦终有一天要结束，德·贝尔-雷斯皮罗先生很快会回来将我们赶走。但他们还在折磨这个可怜的人，让他的鲜血染红萨伏纳里①地毯。我住在乙3号的期间，那里边曾出现了许多怪事。有时，我半夜里被一楼痛苦的喊声、来回的脚步声惊醒。总督说话的声音。菲利贝尔说话的声音。我凭窗朝下看去。他们把两三个人推进楼前停放的汽车里。车门嘭嘭作响。

---

① 萨伏纳里：法国一地毯厂名，意为肥皂厂，因该厂原为肥皂厂。

引擎的吼声远去了。寂静无声了。我的睡意全无。我想起了德·贝尔-雷斯皮罗先生的儿子极其令人恐怖的暴卒。养育他之初绝不会想到这种结局。同样，如果提前几年就向德·朗巴勒公主描述她将遭暗杀，她一定会感到万分诧异。而我呢？又有谁能预见到我会与这群暴徒为伍呢？只要打开灯，下楼到客厅里去，事情就足以恢复其平淡无奇的表象。德·贝尔-雷斯皮罗的自画像仍挂在那里。墙壁里已浸透了德·贝尔-雷斯皮罗太太使用的阿拉伯香水的味道，会引你转过头去。女主人在微笑。我就是她的儿子，正在度假的马克西姆·德·贝尔-雷斯皮罗海军中尉，正在参加乙3号里艺术家与政界要人云集的一次晚会。参加者有：伊达·鲁宾斯坦，加斯东·卡尔梅特，弗雷德里克·德·马德拉周，路易·巴尔都，戈蒂埃-维拉尔，阿尔芒德·卡西维，布伏·德·圣布莱兹，弗朗克·勒·哈里魏尔，约瑟·德·斯特拉达，梅李·洛朗，米萝·达尔西耶小姐。我母亲在钢琴上弹奏《告别回旋曲》。突然我发现萨伏纳里地毯上有几小滴鲜血。一把路易十五时代的扶手椅已被撞翻。刚才喊叫的那个人肯定在毒打后瘫了下去。在角桌下扔着一只鞋、一条领带和一支钢笔。这种情况下，再也没必要继续回忆乙3号里的美好聚会了。德·贝尔-雷斯皮罗已离开了屋子。我挽留客人。正在朗诵《金蜜蜂》选段的约瑟·德·斯特拉达惊愕地住了口。米萝·达尔西耶小姐晕了过去。布伏·德·圣布莱兹和戈蒂埃-维拉尔早已不知去向。弗朗克·勒·哈里魏尔和马德拉周已成了惊弓之鸟。阿尔芒德·卡西维和梅李·洛朗也忽地隐去了。只剩下我一人立在德·贝尔-雷斯皮罗的自画像下。我才二十岁。

　　外面还在灯火管制。总督和菲利贝尔还会乘汽车回来吗？真是的，我生来就不适于生活在这般黑暗的年代。我想法安下心来，搜遍全楼所有的柜橱，一直翻到拂晓。德·贝尔-雷斯皮罗先生临走时落下了一个红色本子，里面写的是他的一些回忆。有些夜里睡不着觉，我就反复翻看。"弗朗克·勒·哈里魏尔住在林肯街8号。他这个完美的骑士早已被人忘记。但以前曾在阿卡西亚林荫道上散步的人，可是太熟悉他的身影了……""米萝·达尔西耶小姐是个非常迷人的少妇。那些常常光顾我们古老音乐厅的人，肯定还记忆犹新……""约瑟·德·斯特拉达这位'默默无声的隐士'，难道是埋没了的天才？如今已无人对此感兴趣了。""阿尔芒德·卡西维在此死于孤独和贫困之中。"这个男人知道人生短暂。"谁还会记得阿莱克·卡特，这位杰出的骑手？谁还会记得理达·戴尔·埃利多？"生活并不公正。

抽屉中有两三张发黄的照片和昔日的信件。德·贝尔-雷斯皮罗太太的写字台上留有一束干枯的花。在一只她没带走的箱子内，有不少沃思时装店的长裙。一天夜里，我穿上蓝色棱纹塔夫绸最漂亮的长裙：饰有极薄的透明罗纱和牵牛花边。那真是最漂亮的裙子了。我无意男扮女装，只是我当时的境况悲惨之极，身心也孤独之极，想借极端的轻浮来振奋一下情绪。面对着客厅里的威尼斯圆镜（我戴着一顶饰有羽毛和花边的朗巴勒帽），我实在忍俊不禁。杀人犯利用灯火管制下的黑暗。中尉曾对我说，"你要假装与他们是一路货。"他明知我早晚会成为他们的帮凶。为什么要抛弃我？不该把一个孩子单独留在黑暗之中啊。开始时，孩子很害怕，但他能适应这种环境，最后会忘掉还有阳光存在。巴黎再也不是光明之城了。我身穿长裙，头戴花帽，连埃米丽雅娜·达朗松也会嫉妒我。我思考着我在人生道路上的轻率和漫不经心。不是吗？慈善、正义、幸福自由和进步都要人艰苦卓绝地奋斗，需要比我更富于幻想的心灵。我一边这样想，一边动手化妆。我享用了德·贝尔-雷斯皮罗太太的脂粉、眼影和塞尔基丝，据说涂上这种口红苏丹后妃能有少女那般光滑鲜嫩的皮肤。我的化妆尽善尽美：脸上点了许多美人痣，有的像心，有的像弯月，还有的像彗星。然后我百无聊赖，坐在那里等着世界末日的到来，一直等到黎明。

　　下午五点了。太阳仍高挂在天空。空荡的广场，周围一片死寂。唯一没关百叶窗的窗户里面，我似乎看见人影。现今谁还住在乙3号呢？我敲了敲门。有人从楼梯走下来。门开了一道缝。是位老妇人。她问我要干什么。我要看看房子。她说主人不在家不能进。说罢又关上了门。她的额头贴在玻璃窗上观察我。

　　亨利-马尔丹大街。布洛涅森林里的头几条林荫道。我们一直来到内湖的岸边。我和科科·拉库尔、埃斯梅拉达常来这个小岛。从那时起，我就只有一个理想：远远地观察人，越远越好，观察他们的蝇营狗苟，他们的恶毒诡计。小岛绿草茵茵，有中国亭阁，是极好的地方。再走几步吧。卡特兰草地。那一夜我供出地下网成员的地址后，我们曾到过此处。或许到的是大瀑布？乐队正在演奏克里奥尔华尔兹舞曲。邻桌的老叟和老妪……埃斯梅拉达喝着石榴汁，科科·拉库尔吮着雪茄……待一会儿，总督和菲利贝尔会向我提出一大堆问题。我周围的人在跳轮舞，他们节奏越来越快，喧声越来越高。我最终会完全让步，为使他们让我安宁。在此之前，我得好好享受一下这暂时的停顿。科科·拉库尔在微笑，埃斯梅拉达在用吸管吹泡泡……我看着他们俩，就像看一张早期的达格雷照片。时光飞逝。我要是不写下他们的名字，他们俩在这个地球上的生活就不会留下任何痕迹了。

再往西走一点，就是大瀑布了。我们从未越过那里：叙雷讷桥上有哨兵把守。这恐怕是一场噩梦。此时，河边林荫道沿路，一切都异常宁静。一条驳船上有人向我挥手致意……我回想起我们当初信步走到这里时，我是多么悲伤。无法渡过塞纳河去。只好返回树林中。当时我就明白了，我们是围猎的对象，终将落入他们的重围。火车也不运行了，真遗憾。我本想彻底甩掉他们，到中立国家的洛桑去。科科·拉库尔、埃斯梅拉达和我一起沿莱蒙湖散步。到洛桑我们就什么也不怕了。这也是夏季的一个晴朗的下午，和今天一样。塞纳河大道。讷伊大街。马约城门。过去，我们离开树林后，时常在卢纳公园逗留一会儿。科科·拉库尔喜欢打枪游戏和哈哈镜廊。我们会登上越转越快的西罗可毛毛虫。到处是笑声、音乐声。一个场子上有霓虹灯招牌：《暗杀德·朗巴勒公主》。只见一个女人躺在那儿。床铺上方是红色的靶子。爱好打靶的人在那儿拼命地用手枪射击。一旦打中了，床就翻倒，女人便尖叫一声摔下去。还有其他吸引人的血腥的游戏。这一切都不适合我们的年龄。我们像三个被遗弃在魔鬼节日中的幼童，心里十分害怕。这种种疯狂、嘈杂和残暴的游戏，还

剩下什么了呢？靠近古维庸-圣西尔大道的空荡荡的小广
场。我熟悉这一带。我在阿卡西亚广场住过，是七楼上的
一个房间。那时一切都尽如人意：我刚刚十八岁，每月用
假证件从海军那儿领取养老金。显然没有人要损害我。我
很少和人交往，除了我的母亲、几只狗、两三个老人和莉
莉玛莲。整个下午都用来读书或是散步。其他那些与我同
龄的人却是异常活跃，这使我吃惊，他们奔向生活，两眼
兴奋得放光。而我却要求自己最好不要引人注意。要绝对
谦卑。中性颜色的衣服。这是我过去的观点。佩雷尔广
场。在季节宜人的夜晚，我常常坐在皇家-维利耶露天茶
座上。旁边桌上有人向我微笑。抽支烟吗？他递过来一盒
总督牌香烟。我们交谈起来。他和他的一位朋友指挥着一
个私人警察组织。他们二人建议我加入他们的机构。他们
喜欢我诚实的目光和端庄的举止。我负责跟踪。之后，他
们派我重要用场，搞各种各样的调查、搜寻，和秘密任
务。涅尔大街177号的公司总部里有一间办公室归我一人
使用。这二位老板根本就没有一点让人称道的地方：亨
利·诺尔曼，外号"总督"（因为他总是抽总督牌香烟），
曾是一个惯犯；皮埃尔·菲利贝尔也是一个被解职的警
长。我发觉他们交给我的任务"不大合乎道德"，但我一
分钟也没有想过要放弃这种差事。我在涅尔大街办公室里

才意识到了自己的责任：第一是要保证我一无所有的妈妈能享受良好的物质生活条件。真遗憾在此之前我把支撑门户这样重要的职责丢在了脑后。既然现在已找到了工作，报酬又颇为丰厚，那么从今往后可要做个孝子了。

瓦格拉姆大街。特尔纳广场。我的左边就是洛林啤酒馆。我与他的约会地点。他受人讹诈，要求我们组织帮他摆脱这种处境。

他眼睛近视，两手发颤，吞吞吐吐地问我有没有"证件"。我十分温和地说有，但必须交给我两万法郎。而且必须是现金。然后才能谈下一步。我们第二天又在老地方见了面。他递给我一只信封。里面装着那笔钱。我没递给他什么"证件"，站起身跑掉了。刚用这类手段时还总是犹犹豫豫，但不久就习以为常了。在类似的买卖中，两位老板分给我百分之十的佣金。那天晚上我给母亲带回了一推车名贵的兰花。她看我这么富有，心里很不安。她或许已猜到，我正为了钞票毁掉自己的年华。她从未问过我一个字。《时间飞逝》：

你告别了一年又一年，

忽到翩翩少年的一天……

我本来想从事一项更崇高的事业，离开这种假警察组织。我对医学倒有兴趣。但不忍看伤口、血迹。然而我却能忍受道德上的丑恶。我生性多疑，善于从坏的方面来观察人和事，以防被人暗算。因此，我在涅尔大街感觉良好，尽管那里边整日谈论的无非是敲诈勒索、欺骗偷盗和各种各样的非法生意。那里边接待的顾客也都是些不三不四的人。（在最后这一点上，我的老板们比他们毫不逊色。）唯一肯定的一点：刚才我已说过，我挣的钱真不少。我很看重这一点。那还是在皮埃尔-卡尤街的当铺里（我妈妈和我以前常去那儿。他们拒收我们的假首饰），我就认定我将永世厌恶贫穷。有人会认为我缺乏理想。刚开始我的头脑也很天真烂漫。但这一切在人生路上丢掉了。星形广场。晚上九点了。香榭丽舍大街的路灯像从前那样闪现。他们没有履行诺言。远望去，这是最宏伟的大街，然而它却是巴黎最肮脏的地方之一。"克拉里齐"、"伏盖"、"汗加里亚"、"丽多"、"昂巴希"、"布太尔福里"等旅馆饭店……每到一处都有新结识。科斯塔切斯科、德·吕萨茨男爵、奥迪沙尔维、早川、莱昂内尔·德·吉耶夫、波尔·德·海尔德……冒险家、非法堕胎者、工商业骗子、可疑的记者、无执照的律师和会计，都围着总督、菲利贝尔先生打转。此外，还有一大群风流女人和翩翩舞女、打吗啡的瘾君子……弗劳·苏尔塔娜、西蒙娜、布克罗、莉迪娅、斯塔尔男爵夫人、维奥莱特·莫里斯、玛各妲·德·安杜里安……两位老板把我引进这伙可疑的人群中。香榭丽舍。人们这样称呼那些有道德、大无畏的幽灵的栖身地。我奇怪我所在的这条街为什么叫这个名字。我确实看到了一些幽灵，可那是菲利贝尔先生、总督及其追随者的身影。可不是，诺阿诺维希和德·卡格里奥斯特劳伯爵挽着胳臂从"克拉里齐"里走出来。他们一身白色套服，戴着白金戒指。小心翼翼穿过劳尔-拜伦街的年轻人叫欧仁·魏德曼。"庞-庞"门前一动不动的是泰蕊丝·德·帕耶瓦，第二帝国时期最漂亮的妓女。在马伯夫街的拐角处，贝蒂欧医生在朝我笑。"高丽赛"的露天茶座上，黑市投机倒把商正狂饮着香槟酒。其中有巴鲁兹伯爵、沙波乔尼可夫兄弟、阿希德·冯·罗森海姆、让-法鲁克·德·梅多德、奥托·达·西尔瓦，数不胜数……我若能跑到圆顶咖啡馆，就能摆脱这些鬼影。

快。香榭丽舍的花园，寂静无声，树影婆娑。它时常令我流连忘返。我整个下午都消磨在这条大街的咖啡馆里。这也是职业需要（我和上面提到的那些人会面谈"业务"）。事完后我来这个花园呼吸点新鲜空气。我找个长凳坐下，喘息不止。衣兜里装满钞票。两万法郎。有时是十万法郎。

我们这个机构即使没得到警察局的批准，至少也得到了它的容忍：我们向它提供所需的各种情报。除此之外，我们还对上面提到的人施行勒索。这样他们就会放心地认为我们不会告发，而会保护他们。菲利贝尔先生与从前的同事仍保持密切联系，诸如罗戴、达维德、加尔比、儒尔让、桑多尼、贝尔迷约、沙托斯基、弗郎索瓦、戴特马尔这些警长。我的任务之一是汇总勒索来的钱财。两万法郎。有时是十万法郎。这差使真累人。无休止的讨价还价。我眼前又出现了他们的面孔：罪犯形体登记簿上浮肿发绿的脸。有些人一点也不想让步。于是我——生性那么胆小，那么多愁善感——就提高嗓门，向他们大声喝道：如果还是不交款，我就立刻去巴黎警察局了。我还对他们说起我管理的那些卡片，老板让我每日一清。他们所有人的名字和履历都有记录。那些卡片可不大光彩。于是他们掏出钱包，说我是"告密者"。这个词刺痛我的心。

我又独自一人坐在长椅上了。有些地方适于思索。例如街头花园，是隐没在巴黎的小公国，是尘世喧闹和人欲横流中的一块狭小的绿洲。杜伊勒里公园。卢森堡公园。布洛涅森林公园。但我在哪儿也没有在香榭丽舍花园里思考得多。到底我是干什么的呢？敲诈勒索者？还是警察局的探子？我点好钞票，拿出归我的百分之十。我要去"拉寿摩"店订一兜红玫瑰树，去"奥斯泰尔塔格"店选两件首饰。然后去皮凯、勒龙和莫丽诺店里买五十来条长裙。都送给妈妈。敲诈勒索者、流氓无赖、告密者、眼线，甚至杀人犯，全兼而有之，但却是个孝子。这是我唯一的告慰。夜幕降临了。孩子们坐完旋转木马，离开了花园。远处，香榭丽舍的街灯忽地亮了起来。我自言自语地说，还不如留在阿卡西亚广场呢。小心地避开喧闹的交叉路口和车水马龙的大道，省得碰上不该遇见的人。我这样小心谨慎、竭力避免引人注意，怎么会心血来潮，坐到皇家——维丽耶露天茶座上呢？可是，人总要进入生活啊。谁也无法脱离生活。生活会向你提供各种各样的招募者：我赶上了总督和菲利贝尔先生。否则，我也许会在某个晚上遇见一些更体面的人，领我走上纺织工业或是文学的道路。既然我觉得自己毫无特长，那么就等待年长的人来替我谋个差使。由他们去考虑我该以什么面目出现才会讨他们喜欢。主动权交给他们了。童子军？卖花商？网球运动员？不，都不是，只是假警察组织的一名雇员。干着勒索、告密、诈骗的勾当。对此我也不免奇怪。我并不具备这种行当所要求的恶毒、无所顾忌、追腥逐臭这类品质。但我却走上了这条路，就像别人争取锅炉专业技术证书一样努力认真。事情怪就怪在，像我这类青年，既可能成为英雄，死后葬在先贤祠，也可能成为败类，被处决后埋在蒂埃墓地。人们不会了解，成为败类者也无可奈何，是被拖进了罪恶的勾当里。别人只关注自己的集邮册，只关注自己能否安安静静地待在阿卡西亚广场上，自由自在地呼吸。

我目前的处境一点也不妙。我消极被动，在生活门口缺乏热情，自然就容易受总督和菲利贝尔先生的影响。我反复念着住在阿卡西亚广场那里时，同层邻居、一位医生的话："人从二十岁起开始腐烂，神经细胞越来越少了，老弟。"我把这句话记在了一个记事本上，因为，必须利用年长者的经验。现在我明白了他的看法很准确，我搞非法勾当，并同那些不三不四的人交往，因而面色失去红润。将来又会如何呢？我会跑啊跑，一直跑到一个空场上。都来不及喘息一下，就被人架上了断头台。有人在我耳边说：你在生活中什么也抓不住，只有将你卷走的漩涡……越来越快的茨冈音乐窒息我的喊声。今晚，这里确实很暖和。和从前一样，到这一时刻，中心大道上的驴子开始回家去。它们驮着孩子奔跑了一天，现在消失在卡布里耶尔大街那一边。它们的辛劳永远也不会有人知晓。如此忍辱负重令我肃然起敬，驴子过去之后，我又恢复了平静与淡漠。我想集中一下思绪。然而这些思绪少得可怜，又都十分平淡。我太爱动感情，不善于思索。还很懒惰。努力思索了几分钟后，还是得出了同一结论：我迟早要死掉。精神细胞越来越少。长时间腐烂的过程。医生早就告诫我了。应该补充说一下，我的工作使我贪恋声色犬马：二十岁就当上了警察的密探，开始敲诈勒索，也就断送了自己的前程。在涅尔大街177号，陈旧的家具和墙纸在空气中散发一种怪味。灯光始终昏暗。我在木制档案柜后面整理我们"顾客"的卡片。我用有毒植物的名字来称呼这些"顾客"：墨黑的鬼伞菌、颠茄、撒旦牛肝菌、天仙子、青色伞菌……我同他们接触，身体组织也缺钙了。我的衣服上满是涅尔大街177号的浓厚气味。我任其疾病传染给我。是什么疾病呢？是一种衰老催化症，是像那位医生所讲的，道德上和生理上的腐烂。但我并不喜欢这污秽的处境。

　　一个小村庄
　　一座老钟楼

　　就足以满足我的心愿。可我偏偏生活在都市里，生活在巨大的卢纳公园里，总督和菲利贝尔先生把我从射击台前拽到了滑车上，又从恐怖宫里拽到了"西罗可"的毛毛虫上。最后我躺在长椅上了。

我受不了这一切。我从没向别人提出过任何要求。他们是找到我头上的。

再走几步。左首是大使剧院。那里正上演《夜间巡逻队》，一部已被人遗忘了的轻歌剧。剧场内不会有多少人。也就是一对老年人，还有两三个英国旅游者。我沿着一片草地、一片矮小的树林走着。到协和广场了。街灯晃得我双眼生疼。我一动不动，连气也喘不过来。我的头上方，马尔栗城堡的群马直立起来，正全力挣脱人类的羁绊，势欲穿越广场飞奔而去。真是个迷人的场所。没有一处能像此处这样给人以雄踞高山之巅的欢娱。石头与光构成的景象。远处，靠杜伊勒里公园的那一边就是海洋。一艘大邮船正驶向西北，带走了马德兰大教堂、巴黎歌剧院、伯力兹宫和圣三会教堂。我立在后甲板上。邮船快沉没了。明天，我们将葬身于五千米深的海底。我不再惧怕我的同伴了。吕萨茨男爵皮笑肉不笑；奥迪沙尔维目光凶残；沙波乔尼可夫兄弟阴险奸诈；弗劳·苏尔塔娜用根橡皮带系住左臂，往绷起的静脉内注射海洛因；吉耶夫十分粗俗，金色的秒表挂在胸前，肥硕的手指上全是戒指；伊万诺夫离不开他那性与神的全面协调；科斯塔切斯科、让-法鲁克·德·梅多德、阿希德·冯·罗森海姆谈论着他们欺诈行为的败露；还有总督招募的充当打手的那些匪徒，有疯子阿尔芝、尤雷奥克多、多尼·布罗东、维达尔-雷卡、白脸罗伯特、古阿立、达诺斯、高德包……用不了多久，这些丑类都将成为章鱼、海鳝的腹中食。我将与他们共命运，而且还自觉自愿。很久以前的一天夜晚，当我无所事事地穿过协和广场时，这一切就清清楚楚地展现在我眼前了。当时，我长长的身影一直抵到王室大街口，左手摸着香榭丽舍花园，右手碰着圣弗罗朗丹大街。我本可以想到耶稣基督，但我却想到了加略人犹大，人们并不了解他这个人。一个人担起人类的卑鄙，这要承受多大耻辱，要有多大勇气才行。为此而献身。孤家寡人。如同一个伟大人物。犹大，我的兄长。我们都具有多疑的天性。无论对我们同类，对我们自身，还是对可能存在的救世主，我们都不抱任何希望。我有足够的勇气跟你走到底吗？艰难之路。天越来越黑。来，我充当暗探和讹诈者的角色，也渐渐熟悉黑暗了。我记下了同伙所有恶念和全部罪行。在涅尔大街紧张地工作了几周之后，我对什么都不觉得奇怪了。无论他们怎么变花样做怪态，也都是徒劳。我看着他们在甲板上沿着通道跑来跑去，记下了他们的每一句戏言。其实没有必要再这么办了，水已进入船底。马上就要漫到大吸烟室和客厅里。由于海难近在眼前，船上最疯狂的旅客也会引起我的同情。再等一会儿，希特勒会像个孩子似的扑到我的怀里哭泣。里沃利街的廊柱。发生什么事了。只见环城大道上车辆摆起长蛇阵。人们纷纷逃离巴黎。肯定打仗了。一场出乎意料的大灾难。我在希尔蒂施-凯伊店中选中了一条领带。我走出店门，看着这一块男人们都挂在胸前的布料。这是一条蓝白条领带。这天下午，我也穿着这套浅灰褐色西装和绉胶底皮鞋。我的钱包里只有妈妈的一张照片和一张作废的地铁票。我刚理完发。谁对这些细节也不感兴趣。大家只想逃命。都自私自利。过了些时候，行人车马都无影无踪了。妈妈也走了。我欲哭无泪。这死一般寂静，这空空如也的城市，正是我当时心情的写照。我再次瞧了瞧我的领带，我的皮鞋。天空阳光灿烂。几句歌词浮现在我的脑海中：

我孑然一身，

已很久很久……

世界的命运如何？我根本不看报纸的头版标题。再说也不会有报纸了。火车也不会再有了。妈妈就差点没赶上巴黎至洛桑的最后一列火车。孑然一人。

他天天苦闷

痛哭流涕

如巴黎的天空……

　　这正是我所喜爱的缠绵之歌。遗憾的是，此时不宜浪漫。我感到我们正处在一个令人悲伤的时代。周围的一切都在苟延残喘，就不该再哼唱战前的歌曲。我这种行为不合时宜。这是我的错吗？除了马戏、轻歌剧和音乐厅之外，我觉得什么都索然寡味。

　　走过卡斯蒂利奥内街，天全黑了。身后有人快步跟了过来。

　　他拍了拍我的肩膀。是总督。不出我所料，我们在这个地点、这个时间里见面了。这是一场噩梦。这场噩梦的全部情节变化，我事先就了如指掌。他拉着我的胳膊，引我上了一部汽车，然后驱车穿过了旺多姆广场。街灯射出不寻常的蓝光。大陆饭店有个窗户亮着灯。正施行灯火管制。小伙子，你要习惯这些。他突然大笑起来，扭开收音机的旋钮。

芬芳的香气令你陶醉，

这就是

蓝色花……

眼前是一个黑乎乎的建筑物。是歌剧院还是三圣大教堂？左边，"伏雷莱斯科"的招牌闪闪发光。我们过了毕加尔街。总督突然加大油门。

秀美的双眸使你神魂颠倒
这就是
蓝色花……

接下去又是一片黑暗。一盏大红灯悬挂在克利希广场的"欧罗巴店"门前。车灯忽然照亮了一扇大铁栅栏门和密密的枝叶。是蒙索大花园吧？

秋日的幽会
这就是
蓝色花……

他随着副歌吹起口哨，摇头晃脑地打着拍子。汽车飞速前进。老弟，知道我们在哪儿了吗？猛地一个转弯。我们的肩膀碰到了一起。吱——车急急地刹住。定时开关不管用了，只好摸着扶手登上楼梯。总督划亮一根火柴，我瞥见门上大理石碑上写着："诺尔曼-菲利贝尔"公司。我们迈步走进屋内。这里的气味比往常更加令人作呕。菲利贝尔先生站在前厅中央，嘴上叼着根烟卷，正等着我们。见了我，便朝我眨眨眼睛。尽管十分疲倦，我还是向他挤出个笑脸：我想到妈妈已经到达洛桑了。那边儿，她什么也不用怕了。菲利贝尔先生领我们来到了他的办公室。他抱怨电压不足。青铜吊灯发出颤颤悠悠的光亮。对此我毫不奇怪。涅尔大街177号里永远如此。总督提议喝点香槟酒。说着就从左边兜里掏出一只瓶子。显然，我们公司今后要有很大发展。最近的事态对我很有利。我们已在契玛罗萨广场乙3号一所私宅里安顿了下来。以星期为时间单位的零星小差事结束了。我们已负起了更大的责任。授予总督警察局局长头衔不是不可能的。在这种乱世，空缺有的是。我们干什么？搞各种调查、搜查、审讯和逮捕。契玛罗萨广场的机构兼有二职：一是警察机关；二是收购部，专门囤积一段时间里紧缺的商品和原材料。总督已物色了五十多人和我们一起干。都是些老相识了，涅尔大街177号的档案中有他们的名字和照片。说到这儿，菲利贝尔先生递给我们每人一杯香槟酒。为我们的成功干杯。据说我们将成为巴黎的主人。总督摸摸我的脸颊，将一沓钞票塞进我的兜里。他们二人谈论着，不时翻阅卷宗、记事簿，再不就是打电话。有时也能听见他们谈话的一些片断。但根本没法明白他们密谈的内容。我离开办公室，来到隔壁，即我们让"顾客"排队等候的客厅。顾客们曾坐在那些破旧的皮沙发里。墙上贴着许多彩色的石印画片，描绘收获葡萄的景象。还有一只油松木的大橱和几件同样木料的家具。里侧的门通向一间带洗澡间的卧室。夜间我曾独自一人在此整理卡片。就在这个客厅里。没人会想到这套住宅竟是警察机关的所在地。原来住在这里的是一对靠年金生活的夫妇。我拉开了窗帘。寂静得很。忽明忽暗的光线。凋谢物的那种香味。"幻想什么呢，小家伙？"总督大声笑起来，正对着镜子戴毡礼帽。我们穿过前厅，来到楼道。菲利贝尔先生打亮了手电筒。今晚要在契玛罗萨广场乙3号庆贺乔迁之喜。房主已溜走。我们征用了他们的房舍。该庆祝一下。说干就干。朋友们都在香榭丽舍大街上的"淡紫时光"咖啡馆里等着我们……

接下去那一周，总督交给我一个任务，为我们"机关"了解一位名叫多米尼克中尉的所作所为。我们曾接到过有关这位中尉的指示："要注意监视。"并附有地址和照片。我们必须利用某种借口接近这个人物。我来到了十五区布瓦罗贝特街的一所小房子门前。这就是他的住所。中尉本人为我开了门。我说要找亨利·诺尔曼先生。他说我找错了地址。于是我含糊不清地讲述了我的境况：我是逃出来的战俘。一位同志曾建议，我一旦逃出去，就到布瓦罗贝特街5号与亨利·诺尔曼先生接触，好找个藏身之处。看来那位同志记错地址了。我在巴黎无依无靠，又身无分文，真不知如何是好。为了使他相信，我还流下了几滴眼泪。他上下打量我一番，领我到他的办公室。他以悦耳的低音对我说：像我这般年龄的青年，国难当头，不该气馁。他再次审视了我一阵，突然问我："你愿意同我们一起干吗？"他领导一伙"顶呱呱"的人。大多数人像我一样，是逃出来的战俘。有圣西尔军校的学员、现役军官，也有些不是军人。全都信心百倍。都是精兵强将。我们秘密地同目前得逞的强大的恶势力作斗争。任务很艰巨。但是勇士所向无敌。仁慈、自由与道德会很快恢复起来。他多米尼克中尉可以打包票。我并不赞同他的乐观主义，心里想的是今晚要在契玛罗萨广场把报告交给总督。中尉还给我详细地讲述了其他情况：他称这个小组为地下骑士团。确实也无法地上行动了。只能地下斗争。会有人时时追捕我们。小组的每一名成员都用一个地铁站名作代号。他待会儿就向我介绍其中的几位：圣乔治、奥布黎加多、科尔维沙尔、贝尔内弟，还有其他人。至于我呢，我

76

就叫"朗巴勒公主"吧。为什么叫朗巴勒公主呢？中尉一时高兴起的。"你准备加入我们的地下网吗？良心未泯的人都会参加的，你不该有丝毫的犹豫。你同意加入了，是吧！"我迟疑地回答说："同意。""小伙子，千万注意不能退缩。我知道，现实的确令人忧虑。匪徒们正耀武扬威。空气中弥漫着腐败的气息。这一切日子长不了。鼓起勇气来，朗巴勒。"他要我住在布瓦罗贝特街。但我立刻编了句谎话，说郊区有一位年迈的叔叔可以留我住宿。我们商定第二天下午，在金字塔广场的圣女贞德雕像下会面。"再见，朗巴勒。"他那变得细小的眼睛凝视着我。我无法忍受这明亮的目光。他又说了一遍："再见，朗巴勒。"他用奇怪的方式重读了每一个音节：朗—巴—勒。他关上门。天黑了。我漫无目的地走在这个陌生的街区。他们一定在契玛罗萨广场等着我呢。我告诉他们什么呢？说实话，多米尼克中尉是位英雄。他的那些精兵强将也是英雄……但还是得给总督和菲利贝尔先生一份详尽的报告。他们没料到会有这么大规模的地下行动，十分惊奇会有一个地下骑士团。"你要打进去。努力搞到他们的名单和地址。将来好一网打尽。"有生以来我头一次体验到了被称之为良心的谴责。但只是一刹那。他们递给我一张十万法郎分期付款的期票，算是我提供情报的报酬。

金字塔广场到了。你想忘却过去，可是每次散步，你总不由自主地来到充满痛苦回忆的十字街头。中尉在圣女贞德雕像前来回踱步。他向我介绍了一位金黄色头发的高个儿青年，那个留着短平头，眼珠呈青莲色，名叫圣乔治，是圣西尔军校的学员。我们一起走进杜伊勒里公园，坐在旋转木马旁的卖酒柜台边上。童年时代的情景又历历在目。我们叫了三份果汁饮料。侍者把饮料送到我们面前，说是就剩下这一点战前存货了。不久以后，就再也喝不到果汁饮料了。圣乔治微微一笑："那我们不喝就是了。"看得出，这位青年态度坚决。他问我："你是逃回的战俘？哪团的？""步兵第五团，"我声音有些不自然，"我再不愿提起这些了。"我拼命克制了一下自己，又接着说："我只有一个愿望，就是英勇顽强地斗争下去。"看来我坚定的表白使他放了心。他赞许地同我握了握手。中尉说："我邀集了几位地下网的成员与你见面，亲爱的朗巴勒。他们等在布瓦罗贝特街。"那里有科维萨尔、奥伯里加多、佩尔耐蒂和雅斯曼。中尉用热情的话语赞颂我：失败后的忧国之心。坚决重新投入斗争。从此成为地下骑士团的一员，这是我的光荣和欣慰。"那么，朗巴勒，我们交给你一项任务。"中尉对我说，在我们所处的这样混乱的时期，毫不奇怪，会有许多人趁机充分暴露出他们的恶劣本性。

那些恶棍逍遥法外，他们持有警察的证件和持枪证。他们疯狂地镇压一切爱国的和正直的人们，犯下了滔天罪行。他们征用了十六区契玛罗萨广场乙3号的一所私人住宅。他们的机关公开叫作"巴黎-柏林-蒙地卡罗贸易公司"。"这是我知道的唯一线索。我们的任务是立刻尽快地使这个机构中立化。全靠你了，朗巴勒。你打入这伙人中。把他们的一举一动告诉我们。看你的了，朗巴勒。"佩尔耐蒂递给我一杯白兰地。雅斯曼、奥伯里加多、圣乔治和科维萨尔向我微笑。过了一会儿，我们沿着巴斯德大道往回走。中尉坚持要陪我一直走到赛福尔-勒古尔博地铁车站。我们分手的时候，他直视我的眼睛："朗巴勒，这是一项很艰巨的任务。某种形式上的两面派任务。时刻与我联系。祝你顺利，朗巴勒。"要是当时就向他说实话呢？已经太晚了。我想到了妈妈。至少她在安全的地方了。多亏了在涅尔大街挣的佣金，我才为她在洛桑买下了一座别墅。我本可以随她一起去瑞士，但不知是由于懒惰还是冷漠，我留了下来。我已说过，世界的命运与我无甚关系。我自己的命运也引不起我多大关切。我只求随波逐流。既无烦恼也无忧愁。那天晚上我告诉总督说，我已结识了科维萨尔、奥伯里加多、雅斯曼、佩尔耐蒂和圣乔治，还不知道他们的地址但不久便能了解。我向他许诺，很快就能向他提供有关那些青年的一切情报，包括中尉还将向我介绍的其他人的情报。他兴奋地搓搓双手，不断念叨说，照这样干下去，定能将他们"一网打尽"。"我早就知道，你这样一张小脸蛋，活脱脱是一个卖小石膏像的小贩，他们绝不会怀疑你。"我突然一阵眩晕。我对他说：正如我原来所想，中尉不是地下网的头头。"那是谁？"如果我再走几步，就一定会摆脱这个问题。"是谁？""一个叫朗—巴—勒的人，朗—巴—勒。""我们一定要抓住他。你把他调查清楚。"我越陷越深了。是我的错吗？双方都让我当间谍啊。我不愿让任何人失望。既不想得罪总督和菲利贝尔先生，也不想惹恼中尉和圣西尔军校那些年轻学员。我思忖，该做出选择了。是当一名地下骑士，还是当一名契玛罗萨广场大楼雇用的打手？是当英雄，还是当警察的密探？非此也非彼。有那么几本书：《叛徒文选：从阿尔西比亚德到德雷福斯》《杰阿诺维希真传》《埃昂骑士的秘密》和《无影无踪的弗雷高里》，从而我明白了自己的处境。我与他们是一脉相承的。但我不是玩世不恭的人。我也体验过人们所说的那种强烈的、无法抗拒的感情冲动。我十分熟悉的感情冲动是"恐惧"，它足以使我去移山倒海。巴黎曾淹没在死一般的寂静和宵禁之中。每当我提起这段时光，总感到是在同聋哑人谈话，或者我的声音不够响。"我——怕——极——了。"地铁列车"哐哐!!"地爬上了帕西桥。赛福尔-勒古尔博——康伯罗纳——拉莫特—皮凯——杜布雷克斯——格雷奈尔——帕西。清晨,我乘相反方向的地铁,由帕西至赛福尔-勒古尔博。来往于十六区的契玛罗萨广场和十五区的布瓦罗贝特街之间,来往于中尉和总督之间。一个双重间谍的往来穿梭。疲惫不堪。无休无止。"要搞到他们的名字和地址。来个一网打尽。""指望你了,朗巴勒。把这些匪徒的情况搞清楚。"我本想做个选择。但对我来说,"地下骑士团"和"巴黎-柏林-蒙地卡罗贸易公司",我都无所谓。几个狂人向我施加彼此相反的压力,纠缠不休,搞得我疲惫不堪。我肯定是这些狂人的替罪羊。因为我是最弱小者,毫无得救的希望。这种时代要求人们具有杰出的品质,不管是当英雄还是当犯罪。而我与这两种品质却偏偏格格不入。墙头草、傀儡。我闭上眼睛,想重温那个时代的芳香和歌曲。是的,当时的空气中确有一种腐败的气味。尤其是傍晚时分。应该说我从未见到过那么美的黄昏。溽暑正在消退,街道上空空荡荡,是没有巴黎的巴黎。可以听到报时的钟声。还有建筑物和栗树叶都饱含了的那种气味。当时的歌曲是《斯温·特鲁巴杜尔》《里约的星》《我不知结局》《雷齐纳拉》……想起来了吧。车厢里的灯都涂上了紫色,我几乎看不清其他乘客。左首是埃菲尔铁塔的光束。那么近。我正从布瓦罗贝特街返回。地铁停在帕西桥上。我真希望它再也不开了，真希望别把我从这河岸之间无人区里拉走。一动不动。无声无息。终于宁静了。我融进了夜色之中。我忘却了他们的吼叫，忘却了他们对我的抚摸，忘却了他们的左拉右拽。恐惧让位于一种无名的麻木状态。我盯着那光束。光束在旋转，好像一位更夫在吃力地巡夜。光束渐渐暗了下去，不一会儿就变成了几乎看不见的一条细线。我也是这样，经过无数次的巡逻和成千上万次的往返，最后消逝在黑暗中。为什么干这些，我一无所知。从赛福尔-勒古尔博到帕西。又从帕西到赛福尔-勒古尔博。上午十点来钟，我来到布瓦罗贝特街的总部。友好的握手。这些勇士们目光清澈，面带笑容。"有什么新闻吗，朗巴勒?"中尉问我。我提供的有关"巴黎-柏林-蒙地卡罗贸易公司"的情报越来越详尽。是的，这确实是个警察部门，从事非常"卑鄙的活动"。头领是亨利·诺尔曼和皮埃尔·菲利贝尔，他们网罗了一群歹徒：无耻的强盗、拉皮条的掮客和该流放的人。还有两三个死刑犯。每人都有警察证件和持枪证。这是一个以契玛罗萨广场这个洞穴为核心的走私公司。一群唯利是图的投机商、打吗啡的瘾君子、江湖术士和声名狼藉的风流女人，都是乱世中的魑魅魍魉。他们有恃无恐，极尽敲诈勒索之能事。据说，如果塞纳地区的警察署和检察院还存在的话，他们的头头亨利·诺尔曼就可以在那里说一不二。我不停地说下去，看到他们脸上的惊愕与憎恨的表情。只有中尉一人的神情难以捉摸。"干得好，朗巴勒！继续干下去。你要把契玛罗萨广场那个机关人员名单全开列出来。"

后来有一天上午，他们的表情比平时更加严肃。中尉清了清嗓子："朗巴勒，你要去搞一次暗杀。"我静静地听着他的话，就好像早已准备好了似的。"我们要靠你去除掉诺尔曼和菲利贝尔。要找个好时机。"接下来便是一阵沉默，圣乔治、佩尔耐蒂、雅斯曼和所有其他人都神情激动地看着我。中尉坐在办公桌后一动不动，科维萨尔递给我一杯白兰地。我想，这是给死囚犯的酒。我真切地看见了屋中竖起的断头台。中尉是刽子手。他的那些精兵强将们朝我怜悯地笑着；他们在一旁观赏行刑。"你看怎么样，朗巴勒？""哦，好极了。"我回答说。我真想大哭一场，向他们诉说我十分微妙的、双重间谍的处境。可是有些事情只能存在心里，不能与外人道。我从不多说一句话。天生的不苟言笑。但是其他人却毫不犹豫地、翻来覆去地向我叙述他们的想法。我至今还记得和地下骑士团成员一起度过的那些下午。我们在布瓦罗贝特街附近的沃日拉尔瓦内散步，听他们东拉西扯。佩尔耐蒂想创造一个更公正的世界。他兴奋得双颊绯红。他从钱包中掏出罗伯斯庇尔和安德烈·布勒东的照片。我假装对这两位人物十分赞赏。他不停地念叨"革命""觉醒""我们知识分子的责任"，干巴巴的调子直刺我的心。他抽着烟斗，穿一双黑色皮鞋——这些细节使我动情。科维萨尔恨自己出生在一个资产阶级的家庭里。他尽量忘记蒙索大花园、艾克斯-勒班的网球场，以及他每周在表姐家里品尝的那些普鲁维耶式葡萄干大蛋糕。他向我社会主义者可不可以同时又是基督徒。雅斯曼倒希望法国能绷紧一点儿。他崇拜亨利·德·布尔纳载尔，知道所有星宿的名称。奥伯里加多在写一份"政治日记"。他向我解释说："我们要为历史作证。我不能沉默。这是义不容辞的责任。"可是缄默不语是很容易学会的，只要有人朝你脸上踹两脚就行。皮克匹斯让我看他未婚妻的来信。按他的说法，只要再忍耐一点，噩梦就一定会消逝。我们不久就会生活在太平世界里。我们将向孩子们讲述遭遇的苦难。圣乔治、马伯夫和佩尔波尔满怀尚武精神，走出了圣西尔军校，决心高唱着战歌去英勇牺牲。我呢，只想着我每日应该向契玛罗萨广场所作的报告。这些年轻人真幸运，可以自由地幻想。沃吉拉尔地区太适于幻想了。多么安静，多么安全，简直就像外省的小城镇。地名本身就意味着那绿叶、青藤和苔藓铺岸的小溪。他们在这样僻静的地方，尽可以幻想最英勇的业绩。毫无风险。被派去接触严酷现实，去污泥浊水的是我。显而易见，崇高二字与我无缘。临近傍晚时，我在乘地铁之前，要在阿道夫-舍里乌广场的长椅上再休息一会儿，让这个村庄的温馨再浸浸我的心脾。一座带花园的小屋。是修道院还是养老院？我聆听林木的低语。一只小猫从教堂前走过。不知从何处飘来了温柔的歌声。弗莱德·古安唱的《送花》。此时，我忘记了我已没有将来可言，觉得还能开辟新的生活道路。就像皮克匹斯说的，耐心一点，就能安然脱离噩梦。我会在巴黎郊区的小客栈里找到一个酒吧侍者的位置。酒吧侍者。这差使才合乎我的兴趣爱好，才能发挥我的才干。你站在大柜台的里边。别人不能侵犯你。再说他们对你也并无恶意，只会向你要酒。你服务得既快又好。最凶的人也向你表示感谢。这酒吧侍者的职业远比人们所想象的要高贵。唯独它能和警察、医生相比，这是三种格外引人注意的职业。具体干什么呢？调鸡尾酒。也可以说是美梦。是祛除病痛的良药。柜台上，他们低声向你恳求。柑香酒？玛丽·布里查酒？以太酒？悉听尊便。他们两三杯酒下肚，就感伤起来，脚步蹒跚了，醉眼迷离，滔滔不绝地向你诉说他们的苦难，他们的罪恶，请求你安慰，直到天明。就连希特勒也会在打嗝的间歇里求你宽恕。"想什么呢，朗巴勒？""没想什么，我的中尉。"有时候，他也把我留在他的办公室里，"单独"与我谈一会儿。"你务必要完成这次暗杀任务。这是我对你的信任，朗巴勒。"他说话的口气很威严，深蓝色的双眼紧盯着我。把真相告诉他？什么真相呢？双重间谍？还是三重间谍？我也不知自己是什么人了。我的中尉呵，我是个不存在的人。我根本没有身份证。他会认为在这种时代，人人都应坚强起来，都应显示出特殊品质，真不该这样漠不关心。一天晚上，只有我和他在一起。疲劳就像是一只老鼠，把我周围的一切都啃得模模糊糊。看上去，四壁都忽然蒙上了深色的天鹅绒，浓雾弥漫了整个房间，写字台、座椅、诺曼底式的橱柜等家具的轮廓都朦胧不清了。"有什么新情况吗，朗巴勒？"他的声音显得那么遥远，吓了我一跳。中尉还像平常那样望着我，只是眼睛里没有了那种金属般的光泽。他坐在写字台后边，头歪向右侧，面颊几乎触到了肩膀，一副沉思与疲倦的神态，如同我见过的佛罗伦萨的天使。他又问："有什么新情况，朗巴勒？"那声调就好像是在说："是真的，这一点也不重要。"他的目光停在我身上。目光十分温柔，十分忧伤，我甚至觉得多米尼克中尉理解并原谅了我：原谅了我所充当的双重（或三重）的间谍角色，原谅了我像暴风雨中一棵小草那样惶恐，也原谅了我由于怯懦或疏忽而犯下的罪孽。别人对我的遭遇，这还是头一回有了兴趣。这样温厚的态度令我心慌意乱。我想说几句感激的话，但什么也说不出来。中尉的眼神越来越温柔，脸上粗暴的表情荡然无存。他的身躯慢慢下沉。不一会儿，那充满高傲与活力的形象不见了，只剩下宽厚、疲倦的老妈妈。外界的喧嚣被覆盖着天鹅绒的墙壁挡住。我们在舒适的昏暗中下沉，进入无人惊扰的深邃的梦乡。巴黎也和我们一起沉降。我从驾驶舱里看到了埃菲尔铁塔的那束光：那是指示我们靠近海岸的灯塔。但我们永远也不会抵达岸边了。无所谓。"该睡觉了，老弟。睡觉！"他喃喃地说。黑暗之中只有他的双眼闪着光。睡觉。"你在想什么，朗巴勒？"他摇动我的双肩，斩钉截铁地说："快准备好去完成暗杀的任务。整个地下网的命运都操在你的手中。你绝不能退缩。"他神经质地来回大步走动。事物又都恢复了往日的冷酷。"勇敢点，朗巴勒，全靠你了。"地铁车厢启动了。康伯罗纳——拉莫特——皮凯——杜布雷克斯——格雷耐尔——帕西。晚九点了。在富兰克林和维诺兹两条街的路口，我找到了我停放在那儿的白色奔特利牌汽车。这是总督奖励我的。地下骑士团的成员若是看见这辆车，准会十分反感。在这种年月开豪华车，这本身就意味没干什么好事。只有不法商人和挣大钱的密探，才能买得起这种豪华车。管他呢。我最后的一点顾忌，也随着身体疲倦的到来而无影无踪了。我缓缓驶过特罗卡的罗广场。引擎轻得没有一丝声响。全是俄罗斯皮罩面的座椅。我真喜欢这辆奔特利。我打开工具箱：车主的证件还都留在那儿。总之是一辆偷窃来的轿车。总有一天，别人要同我们算账。到那一天，我站到法庭上，面对着被揭露的"巴黎–柏林–蒙地卡罗贸易公司"的罪行，我该采取何种态度呢？法官会说：这是群恶棍。他们利用国难和恐慌来牟取私利。马德兰·雅克布会这样写：一群"魔鬼"。我打开了汽车收音机。

这夜晚

我独对

这伤悲……

驶到克雷倍尔大街，我的心跳得更快了。巴尔的摩私宅的大门。契玛罗萨广场。乙3号的门前，总是高德包和白脸罗伯特站岗。高德包朝我微微一笑，露出满口金牙。我登上二楼，推开客厅的门。总督穿着一件暗粉色绣花丝织睡袍，用手向我打个招呼。菲利贝尔先生正在查阅卡片："我的斯温·特鲁巴杜尔，地下骑士团如何了？"总督使劲拍了一下我的肩膀，递过一杯白兰地："可不好买了。三十万法郎一瓶。别紧张。契玛罗萨广场不知什么叫定量配给。地下骑士团有什么新消息吗？"没有，我还没搞到"地下骑士"的地址。我保证这个周末前一定弄到。"我们为什么不找一天下午，当'地下骑士团'的成员都在布瓦罗贝特街的时候，来个一网打尽呢？你看如何，特鲁巴杜尔？"我反对这个办法。还是一个个逮捕好。"我们不能浪费时间啊，特鲁巴杜尔。"我竭力劝他们耐心等待，承诺一定要搞到最关键的情报。等哪天，他们再这样纠缠不休，我要履行诺言。一定会"一网打尽"的。那时我就真的成为"告密者"了。一听到别人提起这个词，我就一揪心，感到一阵眩晕。告—密—者。但我还是尽量拖延，向两个头头说明"地下骑士团"没有什么危险，是一群幻想家、理想主义者，仅此而已。干吗不让那些可爱的傻瓜们去胡思乱想呢？他们患有青年特有的狂热症，很快就会好的。再过几个月，他们就会恢复理智。中尉自己也会放弃斗争。再说这又是什么样的斗争啊！无非是狂热的喋喋不休：什么正义啦，进步啦，真理啦，民主啦，自由啦，革命啦，尊严啦，祖国啦等等。我看这一切都无碍大局。依我说，唯一危险的人物是朗—巴—勒，一个我还没搞清身份的家伙。此人无踪无影，无法捕捉。他会以最激烈的方式采取行动。在布瓦罗贝特街这里，人们一提起他，就会因为惧怕和钦佩而声音颤抖。朗—巴—勒！你是谁？当我问中尉时，他也支支吾吾。"现在让无耻匪徒和出卖灵魂的人占了上风，但朗巴勒绝不会饶过他们。朗巴勒会既快又狠地打击他们。我们无条件地服从朗巴勒。朗巴勒绝不会错。朗巴勒是个了不起的人。朗巴勒，我们唯一的希望……"我无法获得进一步的细节。再耐心一点，我们会挖出这个人来。我反复向总督和菲利贝尔先生说，抓住朗巴勒才是我们唯一的目的。朗巴勒！至于其他人，根本无足挂齿。我要求放过他们。"看看再说吧。首先要搞到这个朗巴勒的情况。知道了吗？"总督阴险地咧了一下嘴。菲利贝尔一副沉思相，一边捋着小胡子，一边念叨："朗巴勒，朗巴勒。"总督最后下了决心："我要亲手干掉他，这个朗巴勒。伦敦、维希、美国人，谁也救不了他。白兰地还是克雷文酒？老弟，自己倒。"菲利贝尔说："我们刚刚与塞巴斯蒂亚诺·德·皮昂波谈妥。这是给你的百分之十的佣金，"说着递给我一个浅绿色的信封，"明天给我找几件亚洲的青铜器。我们要与一位顾客谈生意。"我对他们交给我的这项次要任务反而更有兴趣：去搜罗艺术品，立即带回契玛罗萨广场来。清晨，我来到那些事变后已逃离巴黎的富有人家。撬锁很容易，或是向看门人出示一下警察证件，拿了钥匙开门进去。仔细搜查每一间被放弃的房屋。房主离开时，屋里丢下了许多无足轻重的东西，如粉画、花瓶、小挂毯、书籍、手稿等等。但光这还不够，我还得搜遍那些家具储藏室，一切在动荡时代可能藏匿价值连城的艺术品的地方。郊区的一间阁楼里，就曾藏着一批法国戈布兰挂毯和波斯地毯；在尚贝莱城门附近一座破车库里，还翻出了许多名画。奥多耶的一个地窖里有一个小箱子，锁着远古和文艺复兴时期的珠宝。干这种劫掠行当，我心情挺愉快，甚至还有点兴高采烈。但将来上法庭，我会羞愧得无地自容。我们正处在一个非常时期，偷盗、投机倒把已成了家常便饭。而且总督很有眼力，没让我去回收有色金属，而是派我去搜集艺术品。我对此很感激。我领略了审美中的无穷乐趣。比如，我站在戈雅那幅表现暗杀朗巴勒公主的画前，就是如此。这幅画的主人自以为万无一失，把它放在海尔德街3号，法-塞（尔维亚）银行的保险柜里。但我只挥了挥警察局的证件，就不费吹灰之力地拿到了这件杰作。我们把搞到的东西全卖了。真是一个特殊的时代。它将把我造就成一个"不大光彩"的人物。"告密者、抢劫犯，或许还是一个杀人犯。"

但我并不比别人坏多少，我只不过是随波逐流罢了。我对作恶并没有什么特别的兴趣。有一天，我遇到一位穿金戴银的老先生，他用假嗓子向我解释说，他从《神探》杂志上剪下那些罪犯的照片，觉得他们有一种"凶残"与"不祥"之美。他吹嘘这些人的孤寂是"始终不渝"和"崇高伟大"的。他跟我谈起其中的一个叫欧仁·魏德迈，说他是"冥间的天使"。这家伙是个文人。我对他说，魏德迈被处决时穿着一双绉胶底鞋。是他母亲在法兰克福给他买的。人若还有爱人之心，就要注意这种微不足道的小事。其余事根本就不重要。可怜的魏德迈！在我跟你说话的时候，希特勒吮着手指睡着了。我的目光瞥他一眼。他像正在做梦的小狗那样嘶嘶地叫着。他蜷曲着，缩小，又缩小。最后会变得能握在我手心里了。"斯温·特鲁巴杜尔，你想什么呢？""想我们的元首，菲利贝尔先生。""我们很快就要卖掉哈尔斯的画。你可以从中提取百分之十五的劳务费。如果你能帮我们把朗巴勒抓住，我给你五十万法郎的奖金。老弟，这可是一笔不小的数目啊。来点白兰地？"我的头都晕了。可能是花的香气熏的。屋内到处布满了大丽花、兰花。两窗之间的玫瑰花枝叶遮住了半截德·贝尔-雷斯皮罗的自画像。晚上十点了。他们先后挤满了屋子。总督身着绿斑点的石榴红无尾长礼服迎接他们。菲利贝尔先生朝他们点点头，又继续翻阅他的卡片。他不时地走向某人，短短地交谈一会儿，做做笔记。总督给他们端来烟酒和各式糕点。德·贝尔-雷斯皮罗夫妇看到他们的客厅里聚集了那么些人，定会十分吃惊。这里有莱昂内尔·德·吉耶夫"侯爵"，他曾因偷盗、背信、窝藏、非法佩戴勋章等罪被判过刑；有科斯塔切斯科，他曾是罗马尼亚的银行家，专搞交易所投机，欺诈性破产；有加埃唐·德·吕萨茨"男爵"，是热衷于上流社会的舞男，持有摩纳哥与法国的两份护照；有波尔·德·海尔德，是江洋大盗；有阿希德·冯·罗森海姆，是一九三八年的德意志先生、职业舞弊家；有让-法鲁克·德·梅多德，他拥有"秋日马戏团"和"淡紫时光"咖啡馆，靠做淫媒谋利，是英联邦国家不受欢迎的人：有费尔迪南·普佩，外号早川保罗，是保险经纪人、爱冒险的狂热人物，擅长伪造、使用假文书：有奥托·达·西尔瓦，是"富有的种植园主"，领取半饷的间谍；有巴鲁兹"伯爵"，他是艺术品专家、吸食吗啡的瘾君子；有达尔基耶，外号"德·贝尔普瓦"，是非法开业的律师；有"魔术师"伊凡诺夫，是保加利亚的江湖医生、"科普特派教会的正式文身师"；有奥迪沙尔维，是白俄罗斯人中的警察密探；有米基·德·瓦赞，"聪明伶俐的贴身侍女"，是个同性恋卖淫者；有科斯坦梯尼，原飞行指挥官；有让·勒乌落，是个记者，曾任帕乌瓦俱乐部的司库，讹诈专家；还有沙波乔尼可夫兄弟，我始终不知他们的社会身份，也不知他们到底一共是兄弟几人。还有一些女人：吕雨·翁斯坦，人称"弗劳·苏尔塔娜"，曾是理高莱特的有才能的舞蹈演员；有玛格妲·德·安杜里安，曾是帕尔米拉"风流与审慎"旅馆的老板娘；有薇奥莱特·莫里斯，女子举重冠军，她总穿着男子服装；有恩普罗希娜·马鲁西，拜占庭的公主，她嗜酒成癖，是女子同性恋者；有西蒙娜·布克罗和伊雷娜·德·特朗蔡，前"一、二、二"剧团的领固定报酬的演员；还有莉迪娅·斯塔尔男爵夫人，她极喜爱香槟酒和鲜花。所有这些人都经常光顾乙3号。他们在宵禁、失望与痛苦的时代，一下子涌现出来，就像自然生出的一代人一样。他们中的大多数都在"巴黎-柏林-蒙地卡罗贸易公司"里任职。吉耶夫、梅多德和海尔德领导皮货部。靠着他们那些上门推销员的油嘴滑舌，他们弄到了成车皮的铬鞣小牛皮，公司又转手把这些皮革以十二倍的高价转手。科斯塔切斯科、早川和罗森海姆选择管金属、油料和石油；原指挥官科斯坦梯尼的管辖范围较小，但收益颇丰：玻璃制品、香水业、麂皮、干点心和螺钉、螺母。总督交给其他人一些更难处理的事务：吕萨茨负责照看和保护每天流到契玛罗萨广场的大笔金钱。达·西尔瓦和奥迪沙尔维的差事是收回黄金和外汇。米基·德·瓦赞、巴鲁兹和莉迪娅·斯塔尔"男爵夫人"负责将那些我可以从中找到艺术品的私宅——编号。早川和让·勒乌落负责机关的账目。达尔基耶是我们的顾问律师。至于沙波乔尼可夫兄弟，并没有明确职务，到处东奔西跑。西蒙娜·布克罗和伊莱娜·德·特朗蔡是总督的贴身"秘书"。马鲁西公主是我们在上流社会和金融界里的同谋者。弗劳·苏尔塔娜和薇奥莱特·莫里斯充当告密者，得到了丰厚的酬金。玛格妲·德·安杜里安，一个有头脑又敢想敢干的女人，开发了法国的北部，为乙3号提供了不少平方公里的防雨布和精梳羊毛毯。最后，还不应忘记那些被赋予纯粹警察任务的成员：多尼·布鲁东，自作多情的美男子，曾任外籍军团的士官，是拷打人的老手；尤·雷欧克卢，妓院老板；维达尔-雷卡，人称"金面佛"，却是职业杀手；疯子阿尔芝，他的口头禅："我要反击他们，反击他们，彻底反击他们!"高德包和白脸罗伯特，该流放的犯人，是我们的门房和保镖。达诺思，外号"毛象"和"大钟"；古阿里是"美国人"，一个持枪抢劫犯，窃贼……总督统治的这个小团伙在将来的法律编年史上会被称为"契玛罗萨广场的匪徒"。但在目前，一切都是那么妙不可言。吉耶夫说要收买维多里纳（古巴）、爱尔多拉多（奥）和瓦格拉姆游乐场（巴黎）的电影制片厂；海尔德正创建一个"联合总公司"，把蓝色海岸的所有旅馆都垄断起来；科斯塔切斯科已购下了十来处房产；罗森海姆宣称："我们马上就会用几个铜子把法国买下来，等着将来再把它卖个好价钱。"我耳闻目睹着这些狂徒的言行。吊灯下，他们脸上的汗水直往下淌，话语的速度越来越快：回扣、佣金、存货、车皮、赚头……沙波乔尼可夫兄弟的数目越来越多，他们不知疲倦地给杯子斟满香槟酒。弗劳·苏尔塔娜摇动老式唱机的摇把。约翰·赫斯在唱：

尽情地

寻欢

忘记吧

忧烦……

她敞开怀，带头跳起了摇摆舞。其他人跟着跳了起来。高德包、达诺思和白脸罗伯特走进客厅，穿过跳舞的人群，来到菲利贝尔先生面前，朝他低语了一阵。我眼望着窗外。一辆不打车灯的汽车停在乙3号门前。维达尔-雷卡拿着手电筒，雷欧克卢打开车门。一个戴手铐的男人走了下来。古阿里粗暴地把他推向台阶。我想起了中尉，想起了沃吉拉尔街的小伙子们。终有一天晚上，像现在一样，我看着他们被锁着走进来。布鲁东会让他们过电刑。然后……我能忍受这种悔恨而继续生活下去吗？佩尔耐蒂和他的黑皮鞋。皮克匹斯和他未婚妻的信。圣乔治的那双青莲色眼睛。他们的全部美梦将在乙3号地下室那血迹斑斑的墙壁里化为泡影。这全是我的罪过。说到这儿，千万别以为我是在信口胡说什么"电刑""宵禁""告密者""职业杀人凶手"。我是在叙说我的亲眼所见和亲身经历。没有丝毫修饰。没有一点夸张。提到的都是真人真事。我甚至严谨到用其真名实姓。说到我的个人喜爱，我更喜欢蜀葵、月色下的花园，以及和平日子里的探戈。我有少女般单纯的心，但我时运不佳。可以听到地下室传来他们的阵阵呻吟，但敌不过播放的音乐声。约翰·赫斯还在唱：

既然有我在

就会有

节拍

旋律展双翅

送您上天外……

弗劳·苏尔塔娜尖声喊叫着撩拨众人。伊凡诺夫挥舞着他那根"轻金属魔棍儿"。这些人你拥我挤，气喘吁吁，脚步越跳越狂乱，撞倒了大丽花盆，但手舞足蹈跳得更欢。

音乐

就是

神奇的春药……

双门大开。高德包、达诺思架着他的双肩。他的手铐还未卸掉，满脸是血，步子踉踉跄跄，瘫倒在客厅中央。大家都静静地一动不动了。只有沙波乔尼可夫兄弟却像什么事也没有发生似的，在收拾花盆的碎片，重新把花盆摆好。其中一人轻手轻脚地走向莉迪娅·斯塔尔，递给她一枝兰花。

"我们若总碰上这种好充硬汉的人，可不好办哪，"菲利贝尔先生说，"再耐心一点吧，皮埃尔，他会说的。""我看不会，亨利。""那也好，我们就让他做个殉道者吧。看来需要几个殉道者。""当殉道者才是傻瓜呢。"莱昂内尔·德·吉耶夫咕噜道。"你不想说吗?"菲利贝尔先生问道。总督低声说："我们不想和你纠缠很长时间。如果你不回答，那就是说你不知道了。"菲利贝尔先生又说："不过，如果你知道的话，那还是说出来的好。"

他抬起头。萨伏纳里地毯上，他额头挨着的地方，留下了一摊血迹。他那青莲色（和圣乔治的眼睛颜色一样）的眼睛里，露出一种嘲讽的光芒。或者说是蔑视。人可为其理想而献身。总督啪啪地抽了他三个耳光。但他仍然怒目而视。薇奥莱特·莫里斯朝他脸上泼去一杯香槟酒。占星家伊凡诺夫低低地问："先生，能不能给我看看你的左手？"人可以为他的理想而献身。中尉曾不断对我说："我们大家都准备为我们的理想而献身。你呢，朗巴勒？"我没敢向他承认，假如我要去死，那将是死于疾病，死于恐惧或是悲伤。"看头！"吉耶夫大声叫一声，用白兰地酒瓶朝他额头狠狠地砸去。"给我左手，你的左手。"伊凡诺夫还在要求。"他会说的，"弗劳·苏尔塔娜叹了一口气，"我敢保证他会说。"边说边裸露出她的肩膀，挑逗地笑着。"流了……这么多血……"莉迪娅·斯塔尔男爵夫人结结巴巴地说。他的额头再次摔到了萨伏纳西地毯上。达诺思将他拽起来，拖出了客厅。几分钟以后，多尼·布鲁东低低地宣布："他死了。至死没开口。"弗劳·苏尔塔娜耸了耸肩膀，扭过身去。伊凡诺夫眼望着天花板，想着什么。"还真有了不起的家伙。"波尔·德·海尔德说。"你说的是些死顽固。"巴鲁兹"伯爵"反驳说。"我差不多有点肃然起敬了。这是我见过的头一个宁死不屈的人。"菲利贝尔先生也承认。总督说:"皮埃尔,像这样的小伙子会坏我们的事。"半夜十二点了。大家都有倦怠之意,纷纷瘫坐在长沙发、软圆墩和安乐椅上。西蒙娜·布克罗走到威尼斯大镜子前修整她的化妆。伊凡诺夫认真地审视着莉迪娅·斯塔尔男爵夫人的左手。其他人随便聊着天。到了这时候,总督把我拉到窗户前,与我谈论他一定会获得的"警察局局长"头衔。他早就梦想这一天了。当初,他还是个孩子、还待在艾斯少年管教所的时候,就有了这种念头。后来在巴特达夫和弗雷纳监狱时,也未曾放弃这一梦想。他手指着德·贝尔-雷斯皮罗的自画像,对我列数他胸前的各种奖章。"只要把我的脑袋换上去就行。给我找一个能干的画家来。从今开始,我就是亨利·德·贝尔-雷斯皮罗了。"他十分欣赏这一称号,不断地重复:"警察局局长亨利·德·贝尔-雷斯皮罗先生。"这种想让人尊敬的愿望如此强烈,我着实吃惊,因为我也曾在我父亲亚历山大·斯塔威斯基的身上发现这一点。他自杀前写给我妈妈的信,我一直带在身边。"我特别希望你做到的,就是要用荣誉与正直的情感来教育我们的儿子;并且要在他长到十五岁进入青春期时,注意他常与谁接触,使他在生活中得到正确的指引，使他将来成为一个诚实的人。"我认为，他自己本来也愿意在外省的一座小城中度过他最后的日子。几十年嘈杂、晕眩、幻景和急速漩涡之后，是需要安宁。我可怜的爸爸。"你看吧，当我当上警察局局长后，一切都会解决的。"其他人在低声闲扯。沙波乔尼可夫的一个兄弟端来一托盘桔子水。要不是地毯上有血迹，他们穿着色彩斑驳的衣服，你真觉得是同正人君子在一起。菲利贝尔先生整理好卡片，坐到钢琴前，用手绢掸去琴键上的灰尘，打开一本曲谱。他弹起了《月光奏鸣曲》的柔板。总督小声对我说："他特别喜爱音乐。手指尖都充满了艺术家的气息。这样有才能的小伙子，不知为什么也混在我们中间。"我极度悲哀，欲哭无泪，我极度疲倦，欲睡不能，只觉得双眼在无限地胀大，就好像在黑夜中，我一直伴随着这痛苦而又坚韧的曲调前行。左右两边的黑影攥住我的衣角，你拉我拽，一会儿喊我"朗巴勒"，一会儿叫我"斯温·特鲁巴杜尔"，把我从帕西推向赛福尔-勒古尔博，又从赛福尔-勒古尔博推向帕西站，我一点也不明白他们到底要干什么。真没办法，整个世界充满了喧嚣与疯狂。我僵硬得像个梦游者，在这种动荡中穿行。眼睛睁得大大的。最终一切都会平静下来。菲利贝尔先生弹奏的乐曲会一点点地侵入世上的人和物。我对此坚信不疑。

他们离开了客厅。靠墙的桌子上有总督的留条："要尽快把朗巴勒供出来，不能再拖延了。"他们汽车的声音越来越远。于是我站在威尼斯大镜子前，一字一顿地说：我—就—是—朗—巴—勒—公主。我凝视镜中的我，额头顶着镜子：我就是朗巴勒公主。

黑暗中，杀人犯在找你。他们摸索着，险些碰上了你，被家具磕磕绊绊。时间过得真慢。你屏住了呼吸。他们能找到开关吗？但愿结束吧。我将无法继续长时间忍受眩晕，会径直走向总督，睁大双眼，将脸贴向他：我—就—是—朗—巴—勒—公主，地下骑士团的头头。除非在这之前，多米尼克中尉突然站起来，神情严肃地说："我们中间有个奸细，一个名叫'斯温·特鲁巴杜尔'的人。""他就是我，中尉。"我抬起头。一只飞蛾在吊灯间飞来飞去，逃避遭焚的命运。我把灯关上。从来没有人这样温情地关注我。我只能自己闯过去了。妈妈远在千里之外的洛桑。真是她的幸运。我可怜的父亲，亚历山大·斯塔威斯基早已故去。莉莉玛莲已把我忘却。我孤独一人。不管是布瓦罗贝特街还是契玛罗萨广场，哪儿也没有我的位置。在塞纳河左岸，我向地下骑士团勇敢的小伙子们隐瞒我的密探真面目；在塞纳河的右岸，"朗巴勒公主"的名字使我陷入严重的窘境。我到底是谁？有什么证件？只有一本假南森护照。到处都不受欢迎。处境岌岌可危，我无法入睡。没什么了不起。除了我在契玛罗萨广场街里担任的"回收"艺术品的任务外，我还有一项附属的工作，在乙3号守夜。菲利贝尔先生、总督和他们的客人走后，我本可以回到德·贝尔-雷斯皮罗的卧室里去。但我留在了客厅。灯上那淡紫色的灯罩在我周围画了一个大圆光圈。我打开一本书：《埃昂骑士的秘密》。几分钟过后，书从我手中滑落。我忽然吃惊地认识到：我绝不会活着摆脱这种处境。那段柔板的悲伤旋律又回响在我的脑海里。客厅里的花朵一片片地失去花瓣，我飞快地衰老了。我最后一次站到威尼斯大镜子前，在那里边看到了菲利普·贝当的面孔。我发现他眼光过分明亮，皮肤过于粉红。最后，我变成了李尔王。再没有比这更自然的了。我自孩提时起就很少流泪。据说流泪就是在解除痛苦。但是尽管我日复一日地努力，我还是没有享受到这样一种幸福。于是泪水便像硫酸液一样，在内部腐蚀我。这就是我忽然衰老的原因。医生早就告诫我：你二十岁时就会像李尔王一样了。本来是希望显得更活泼潇洒一些。难道是我的错吗？刚开始时，我本有健康的体魄和坚强的意志，但后来，却极度悲伤，乃至睡卧不安。一双眼老是睁着，变得特别大。大得都快挨着上唇了。还有，不管什么东西，只要让我看一眼或是碰一下，就会变得粉碎。在客厅里，花木凋零。香槟酒杯乱堆在角桌、写字台和壁炉上。这表明很久以前，这里曾举行过宴会。也许就是一八九六年六月二十日那天，德·贝尔-雷斯皮罗先生为步态舞女明星卡米尔·杜·加斯特举行盛大舞会后留下来的。这里是一把被遗忘的遮阳伞，那里是土耳其烟卷的烟蒂，还有一杯喝了一半的桔汁。刚才弹钢琴的人，是菲利贝尔先生还是六十年前死去的米萝·塔西耶小姐？斑斑血迹把我拉回到现时的忧虑中。我不知这位受难者的姓名。他有点像圣乔治。他遭受毒打时，丢下了一支钢笔和一块绣有 C. F. 两个字母的手绢：这是他在世上留下的唯一痕迹⋯⋯

我推开窗户。外面夏夜非常蓝，非常温煦，令人流连忘返。天气这么好，我不由想起了"魂归西天""咽下最后一口气"的词句。世界终将被耗竭。这是一种不大痛苦、极缓慢的死亡。防空笛声呜咽。接着，只能听到沉闷的击鼓声。这一切持续了两三个小时。到处是燃烧弹。晨曦微露时，巴黎将是一片瓦砾。活该。这个城市里我所喜爱的一切，早已不复存在了：比如小小的环城路，特尔纳的圆形山顶，庞贝的别墅和中国式浴场。人们对事物的消逝已习以为常。轰炸机群什么也不会放过。我把这栋房主儿子的麻将牌排列在写字台上。墙壁在颤动。随时都可能倒塌。但我还是要争一争。从我的衰老和孤寂中会萌出某种东西，就像吸管头上出来的气泡。我在等待。它突然变成了一个人：棕红头发，又高又大，戴一副墨镜，肯定是个盲人。还有一个满脸皱纹的小女孩。我给他们取名科科·拉库尔和埃斯梅拉达。两个遭难的人，有残疾的人，总是不言不语的人。吹一口气或挥一下手都能使他们粉身碎骨。没有了我，他们将会怎样呢？终于找到了一个活下去的充足理由。我爱他们，可怜的丑陋人。我来照看他们……不许人伤害他们。靠我在契玛罗萨广场做密探和强盗挣来的钱，供他们享有一切可能的安乐。科科·拉库尔。埃斯梅拉达。我选择了世上最穷困的两个人，但在我的这种爱中并无半点温情。谁若胆敢冒犯他们，哪怕是一点点，我非砸烂他的脑袋不可。就是想到这一点，我也按捺不住满腔怒火，气得七窍生烟了。任何人不许动我这俩孩子的一根毫毛。往日压抑住的悲伤像瀑布一样倾泻而下，我的爱从中汲取了无限力量。没有谁能阻挡这种冲击。有了这种毁灭一切的爱，什么国王、战争狂人和"伟大人物"，在我眼中统统不过是些弱小的病孩：阿提拉、波拿巴、帖木儿、成吉思汗、哈伦·拉希德，还有其他那些曾被人吹嘘有过丰功伟绩的人。我看这些自称的"暴君"是那么渺小、可怜。根本伤害不了人。所以，我俯身面向埃斯梅拉达时，就心想我看到的是不是希特勒本人。她是个被人遗弃的小女孩。她用我刚送给她的玩具吹肥皂泡。科科·拉库尔点燃了雪茄。从我认识他们的那天起，他们就从未说过一句话。无疑是哑巴。埃斯梅拉达咧着嘴，看那些泡泡碰在吊灯上破碎。科科·拉库尔沉浸在喷云吐雾之中。微不足道的乐趣。我喜爱这两个低能儿。愿意同他们在一起。并非是因为这两人比大多数人更令我伤感，更弱小可怜。所有人都会使我产生母性的、痛苦的怜悯之情。但是科科·拉库尔和埃斯梅拉达有一点不一样，他们不言不语。他们安坐不动。这是忍受了无数的、毫无用处的高声叫喊和指手画脚后的耳静身静。我觉得没必要同他们讲话。有什么用呢？他们是聋子。这样更好。假如我向一个同类诉说我的苦难，他会立刻离开我。我能理解。并且我的外表也会使"同类灵魂"泄气。一脸的大胡子，一双大眼又占去了半张脸。有谁能安慰李尔王呵？无所谓。对我重要的是科科·拉库尔和埃斯梅拉达。

我们在契玛罗萨广场过着类似家庭的生活。忘记了总督和中尉。不管他们是匪徒还是英雄，这些家伙实在令我厌烦。我对他们的事情始终没有兴趣。我筹划将来。埃斯梅拉达要继续学习弹钢琴，科科·拉库尔跟我一起打麻将，学跳摇摆舞。我要厚待他们，我温柔的羚羊，既聋又哑的人。要让他们受良好的教育。我目不转睛地看着他们。我的爱同我对妈妈产生的爱一个样。不管怎么说，妈妈没有危险，她在洛桑。至于科科·拉库尔和埃斯梅拉达，由我来保护。我们的住宅很安全。早已属于我所有了。我的证件？我的名字是马克西姆·德·贝尔-雷斯皮罗。面前就是我父亲的自画像。接着响起歌声：

回忆
在每个抽屉里
芳香
在所有柜橱里……

我们真没有什么好怕的。世上的喧嚣与疯狂都消失在乙3号的台阶前。时间悄悄流逝。科科·拉库尔和埃斯梅拉达上楼就寝。很快会进入梦乡。埃斯梅拉达吹出的肥皂泡中，还有一只仍飘浮在空中。它浮游不定，飞向天花板。砰。我屏住呼吸。它碰碎在吊灯上。于是，一切都完全结束了。世上从来没有过科科·拉库尔和埃斯梅拉达。我独自一人，站在客厅中央，聆听似雨的燃烧弹。最后又动情地想了一下塞纳河岸码头、奥塞车站以及小环城路。继而，我又重新处于衰老的尽头。是在西伯利亚的堪察加地区。那里寸草不生。气候干冷。夜晚那么幽深，几成白色。在这个纬度里人无法生存。生物学家已经观察到，那里的人体将在止不住的狂笑中分化瓦解，笑声尖利得就像玻璃瓶碎片。原因是：在这极地的凄凉之中，你会觉得解脱了尘世的最后一点点联系。惟有一死。要大笑而死。凌晨五点了。或许是日暮。客厅的家具蒙上一层灰烬。我望着广场的报亭和图森-卢维杜尔的雕像。我觉得眼前是一幅达格雷的照片。接着，我层层察看住宅。房间里到处都是零乱的箱子。都没来得及关上。一只箱子里面放着一顶克龙斯塔德帽、一套深灰色的舍味呢西服、一份发黄的旺他杜尔剧院节目单、一张有滑冰运动员古德里齐和柯蒂斯的签名照片、两本纪念册和几件旧玩具。我没敢翻别的箱子。我身边的箱子越来越多：铁的、柳条的、玻璃纤维的、俄罗斯牛皮的。沿着楼道摞起了许多柜箱。乙3号成了巨大的火车站行包存放处。被遗忘的存放处。无人再对这些行李感兴趣。锁在里面的尽是些逝去的东西：同莉莉玛莲在巴梯尼奥勒那边的两三次散步、我七岁生日时收到的礼物万花筒、不知是哪年妈妈递给我的一杯马鞭草茶……全是一生的细琐小事。我本想列出一个详尽的单子。可又有什么用呢？

光阴似箭

年复一年……

忽有一天……

　　我叫马赛尔·贝蒂欧。一个人立在这些行李之间。不必再等了。火车不会来了。我是一个毫无前途的小伙子。年轻时都干了些什么？只是胡乱地打发时日。装满了五十只箱子。箱子里散发出一种又酸又甜的气味，令我作呕。我要把箱子丢在这儿，让它们就地发霉。离开这所宅子，越快越好。墙壁已裂痕累累，德·贝尔-雷斯皮罗先生的自画像也化成飞灰。专心的蜘蛛在吊灯周围编织丝网。地下室里冒出青烟。准是什么人的残骸在燃烧。我是谁？贝蒂欧？朗德鲁？楼道里，绿色的水汽浸潮了柜箱。出发吧。我将驾驶着那辆昨晚停在台阶前的奔特利。最后再看一眼乙3号楼房的正面吧。这是人人都幻想安居其中的住宅。不幸得很，我是撬锁进去的。里面没有我的位置。无所谓。我扭开了收音机开关。

　　可怜的斯温·特鲁巴杜尔……

是马拉科夫大街。汽车引擎没有一点声音。我在平静的大海上滑行。树叶刷刷作响。我生平头一次感到完全失重的状态。

你的命运呵，斯温·特鲁巴杜尔……

我在维克多·雨果街和哥白尼街的路口停下车。从兜里掏出一把手枪。手枪的象牙把上镶有绿色宝石，是我在德·贝尔-雷斯皮罗太太的床头柜上发现的。

……再没有春天了，斯温·鲁特巴杜尔……

我把枪放在车座上。等待着。广场上的咖啡馆都关了门。没有一个行人。一辆、二辆、三辆、四辆轻型11CV汽车，从维克多·雨果大街上开了过来。我的心咚咚跳个不停。这四辆车朝我开来，减慢了速度。第一辆靠着我的奔特利停下来。是总督。车窗后，他车窗里的脸离我只有几厘米。他用温柔的目光看着我。此时，我觉得我的双唇绷紧，想强作欢笑。一阵头晕。我咬字十分清楚，好让他看出我的嘴型来：我—是—朗—巴—勒—公主。我—是—朗—巴—勒—公主。我握住了手枪，摇下玻璃窗。他看着我，像早就理解我似的微笑。我扣动扳机，打中了他的左肩。现在，他们远远地跟着我。我知道逃不出他们的手心。他们四辆车齐头并进。其中的一辆车上有契玛罗萨广场的打手：布鲁东、雷欧克卢、高德包、白脸罗伯特、达诺思、古阿里……维达尔-雷卡驾驶着总督的 11CV。我能看到后排坐的是莱昂内尔·德·吉耶夫，海尔德和罗森海姆。我又上了马拉科夫大街，朝特罗卡戴罗开去。菲利贝尔的车：一辆浅蓝色的塔尔博特从洛里斯通街开了过来。接着又是前指挥官科斯坦梯尼的德拉海耶·拉布尔戴特的车。他们都是来赴约的。围猎开始了。我开得很慢。他们也不加速。可以说是一支送葬的队伍。我没有任何幻想：双重间谍可以凭借无数的来来往往、阴谋诡计、胡话谎言和各种杂技技巧来拖延时间，但总有一天必死无疑。疲倦来得非常快。下一步就是躺倒在地喘息，等着人们来算总账。谁也摆脱不掉他人。亨利-马尔丹大街。拉讷大道。我漫无目的地开。其他人在五十米后跟着。他们会用什么办法来除掉我？布鲁东会给我施电刑吗？他们会认为抓住我是一个重大收获：我是"朗巴勒公主"，地下骑士团的首领。而且刚才还想暗杀总督。我的行为方式会令他们十分不解：我不是把"地下骑士"成员都一一出卖了吗？我该把这点讲清楚。可我有这个力气吗？佩雷尔大道。谁又知道呢？也许过些年以后，哪个古怪的人会对这段历史有兴趣。他将关心我们经历的这个"乱世"，查阅旧报刊。他很难描述我是哪一种人。我在契玛罗萨广场、在法国盖世太保组织中最凶恶的一伙人里充当了什么角色？在布瓦罗贝特街，在地下骑士团的爱国主义者中又充当了什么角色？我自己也说不清。瓦格拉姆大街。

    城市如木马转盘

    每转一圈

    我们就衰老一点……

    我最后一次观赏巴黎了。每条街，每个路口都引起我的回忆。格拉夫，我在那儿遇见了莉莉玛莲。克拉里齐旅馆，我父亲逃往沙摩尼克思前住的地方。马比耶舞厅，我常和罗西姐·赛尔让去跳舞。他们允许我继续游荡。他们决定什么时间干掉我呢？他们的汽车总在我身后五十多米处。我们沿着环城大道行驶。我从未见过这么好的夏夜。半掩的窗户传出阵阵音乐。人们或是坐在露天桌旁喝咖啡，或是三三两两地沿街散步。全都漫不经心。路灯摇摇晃晃，忽地亮了起来。树枝上点亮了数不清的彩灯。差不多到处是欢声笑语。彩色的纸屑和手风琴奏起的华尔兹舞曲。朝东望去，礼花正迸放出玫瑰红和天蓝色的花束。我觉得经历这一时刻像过去的事了。我们又沿着塞纳河岸行驶。左岸就是我和妈妈住过的房子。百叶窗关着。

　　她已离去
　　换了地址……

　　我们穿过夏特莱广场。我眼前又出现了在维多利亚大街路口被击倒的中尉和圣乔治，我过不了今夜要有同样下场。大家轮着来。塞纳河对岸，有一团黑糊糊的东西，是奥斯特里茨火车站。火车早就停驶了。拉佩河滨大街。贝尔西河滨大街。我们进入了十分荒凉的地区。他们为什么不乘机动手呢？所有这些货场、仓库——据我看来——都适于干掉一个人。月光如水，我们不约而同地闭了车灯行驶。沙昂东-勒蓬。我们已经离开巴黎了。我淌了几滴眼泪。我喜欢这个城市。她是我的故乡。我的地狱。我年迈、粉面的情人。马恩河畔尚皮尼。他们什么时候才动手啊？我想一了百了。我爱戴的那些人的面孔，最后一次在我眼前一一闪现。佩尔耐蒂：他的烟斗和黑色皮鞋怎么样啦？科维萨尔：那个使我激动的憨大个。雅斯曼：一天晚上我们一起穿过阿道夫-设里欧广场时，他指给我天上的一颗星，"那就是参宿四"。他还借给我亨利·德·布尔纳载尔的传记，我后来翻看时，从中发现了一张他身穿海军服的旧照片。奥伯里加多：一副忧伤的眼神。他常常给我朗读他政治日记的片段。这些文字现时正在某个抽屉里发黄变霉。皮克匹斯：他的未婚妻怎么样啦？圣乔治，马伯夫和佩尔波尔。率直的握手。高贵的目光。在沃吉拉尔区的那几次散步。圣女贞德雕像下面我们的第一次会面。中尉那威严的声音。卢瓦新城刚刚过去。其他面孔也出现在我的面前：亚历山大·斯塔威斯基，我的父亲。他会为我感到耻辱的。他本想让我上圣西尔军校。

还有妈妈。她正在洛桑，我可以去找她。猛地一加速。我甩开要杀害我的凶手。我的兜里全是钞票。再严肃认真的瑞士海关官员，也会因此而睁一只眼闭一只眼。但是我累坏了。我要休息。真正的休息。逃往洛桑也还不够。他们下决心了吗？我从反光镜中看到，总督的那辆11CV越来越近，越来越近。啊不是，车突然刹住了。他们就像猫，在吃掉老鼠之前要戏弄够。我听着广播以消磨时间。

这夜晚
我独对

这伤悲……

科科·拉库尔和埃斯梅拉达并不存在。莉莉玛莲被我给甩了。地下骑士团的小伙子们被我出卖了。路上丢掉了不少人。应该记住这些人的面孔，按时赴约，认真履行诺言。根本不可能。一会儿后我就出发了。逃跑罪。在这种游戏中，终要毁掉自己。但归根结底，我从不知道我是谁。我愿意让我的传记作者称我是"某人"，并祝愿他有足够的勇气写这本传记。我本能地放慢速度，匆匆忙忙，话太简短。作者搞不清这段历史。我自己也搞不清。我们谁也不欠谁的情。

拉伊莱罗斯。我们还穿过了其他地区。总督的11CV时而超了过去。有那么一公里，前指挥官科斯坦梯尼和菲利贝尔行驶在我的两边。我想最后的时刻来到了。还没有。他们任我往前走。我的额头顶在方向盘上。路边全是大杨树。只要稍有闪失就得撞上。我半睡半醒，继续向前行驶。

N